일곱째 아이

일곱째 아이

박정애 장편소설

단비
danbi

차례

아, 그 누가 깊이 파묻은 이 항아리를 열어볼 텐가. 백 년 뒤 혹은 이백 년 뒤 상전桑田이 벽해碧海 되듯 이 집 뒤란이 푹 꺼져 항아리 뚜껑이 드러나면 어느 호기심 많은 이가 들춰볼 텐가. 아니면 항아리는 깨져 바스러지고 종이는 썩어 문드러져 한껍에 진토가 될 텐가.

내 손으로 한 글자 한 글자 적어넣고 내 어금니로 삼실을 끊어가며 묶어내긴 했다마는, 먼 훗날 누가 보든 안 보든, 내 외로운 자취는 이미 사라졌을 터이니 무슨 상관이 있겠는가마는… 행여 어떤 사람이 이런 글을 썼을까 궁금해할 법도 하지 싶어 구태여 적노라.

나는 한양 반가의 서녀로 나서 열다섯 살에 같은 처지 서자에게 출가했다. 병약한 서방 약 수발에 살림을 거지반 없애고 유복녀 하나를 애면글면 기르느라 밤송이 우엉 송이 다 끼어 보았다.

옛말 그른 것 없다지만 옛말도 사람이 만든 말, 더러 그른 말도 있지 왜 없겠는가. 서방 복 없으면 자식 복도 없다, 딸 길러 시집보내면 육촌 된다는 옛말이 나한테는 맞지 않았다. 서방님 살아생전에는 병시중 드느라 청춘과부 된 후에는 세책방 언문소설책 베끼는 삯일하느라 통잠 한번 못 자보고 끼니 한번 제때 못 챙겨본 알량한 내 팔자가 딸자식 하나 잘 둔 덕에 안팎드난을 거느리고 모자람 없이 사는 호시절을 다 만났으니 말이다. 부유한 역관의 재취로 시집가 일차 제 집안을 알뜰히 건사하면서 이차로 제 홀어미를 살뜰히 돌보는 신통방통한 딸자식이 조선 천지에 또 있을까. 남의 아들 형제인들 부러울쏘냐. 반 천치 손가락질받을 요량하고 자식 자랑에 날밤을 새우고픈 마음이 굴뚝같으나 오직 복을 아끼는 도리로 입을 다무는 어미다.

딸 덕에 심간 편해지고부터 내 인생의 근심거리라고는 오직 하루하루가 너무 길고 심심하다는 거다. 한때 밥줄이던 세책방에 새 소설책이라도 들어왔나 일삼아 들락거리지만 그 역시 동난 지 오래. 그렇다고 내가 뒤늦게 한자를 공부하여 사서오경을 읽을쏜가.

일이 보배요, 호강에 겨우면 요강에 똥 싼다는 옛말은 옳다. 내가 만약 봉제사 접빈객에 등골 휘는 번성한 집안 가모라면, 내 손발 꿈적거리지 않으면 산 입에 거미줄 치는 가난살이라면, 타고난 체질이 잔약하여 가지가지 지병을 앓는다면, 심심하고 심심하여 밤잠조차 못 이루다 차라리 죽는 게 낫지 싶은 옥생각에 이르렀으랴.

이런 지경에 처하여 마침내 손수 붓을 들었다. 내 글씨야 본디 세책방에서도 일등 삯일꾼으로 쳐주었을 만치 반듯하고 고르다. 문제는 이야기인데, 허무맹랑한 것을 지어내는 재주는 없기에 내가 살아오며 여기저기서 들은 담화를 갖다 썼다. 허나 방구석에 쪼그려 앉아 남의 글을 읽거나 베껴 쓰기만 한 아낙의 견문이 오죽하랴. 머릿속으로야 안 가본 데가 없고 안 해본 일이 없으나 내가 벼슬을 살아보았으랴 천하 유람을 다녀보았으랴 주색잡기에 탐닉해 보았으랴. 하릴없이 겪지 않은 일도 겪은 듯이 지어내고 열 길 물속보다 깊다는 한 길 사람 속도 들여다본 듯이 꾸며내었다.

바라기는 이 책에서 높고 큰 뜻을 찾지 말지니. 단출히 사는 한 늙은이가 죽음보다 더한 심심함을 못 이겨 재미로 적은 글, 읽어 줄 만하면 읽고 못 읽겠거든 던져버리기를.

첫째

비구니와
일곱째 아이

이 이야기는, 내가 종종머리일 적에 외할머니에게서 들었다. 외할머니는 보개산寶盖山 비구니 혜영을 가까이 모신 보살할미였다.

병자년에 호란胡亂이 있은 뒤 숱한 조선 사람들이 이역만리에 끌려가 말 못 할 고생을 했다. 동궁마마 내외도 그들과 함께하다 을유년에야 귀국했는데, 나라님이 이 내외를 독사나 지네라도 되는 것처럼 끔찍이 싫어했다. 급기야 세자가 두 달 만에 급서하니 유복자를 품은 빈궁의 형세는 외롭고 막막하기 이를 데 없었다. 이듬해 병술년, 후원後苑 별당에 유폐된 빈궁이 천만뜻밖에 나라님 수라에 독을 넣었다는 누명을 뒤집어썼다. 꼼짝없이 갇혀 문에 뚫린 구멍으로 음식과 물을 받아 겨우 연명하던 빈궁이 어찌 그런 짓을 할 수 있겠는가. 빈궁이 그예 사약을 받으니 나라님 국량이 간장 종지보다 작다고 욕하는 사람이 많았다. 그로부터 수개월 뒤에는 빈궁이 생전에 친애하던 보개산 비구니 혜영이 의금부로 잡혀가 가혹한 고문을 받고 죽었다. 빈궁이 별당에서 홀로 낳은 유복자, 곧 소현세자의 일곱째 아이를 빼돌렸다는 혐의였다.

당시 혜영 스님의 암자에 거하던 사람들이 다 체포되어 죄가 있든 없든 무서운 꼴을 당했는데, 천행으로 외할머니는 딸네 집에 와 있었다. 이후 돌아가실 때까지 딸네 집 골방에 숨어 살며 어린 나를 말동무 삼아 여생을 보냈다. 외할머니는 그 무성한 소문 속 일곱째 아이를 당신 눈으로 본 적도 없고 혜영 스님에게서 따로 어떤 언질을 받은 적도 없었으나, 제발이지 그 아이가 무사히 성장하여 밴댕이 소갈머리 나라님을 몰아내고 새 나라님이 되어 새 나라를 열기를 빌고 또 빌었다.

병술년(인조 24)[1] 한성 의금부 국청

여인 넷이 내옥內獄에서 국청으로 끌려간다. 나장들에게 사지를 붙들린 채 질질. 나장들이 국청 돌바닥에 여인들을 내팽개친다. 오뉴월 한낮의 돌바닥은 석쇠나 진배없다. 여인

---

[1] 1646년

들이 물고기처럼 꿈트럭거렸다.

금부도사가 소맷자락으로 비지땀을 훔치고는 목청을 가다듬는다.

"죄인들은 감히 동궁마마[2]를 저주한 정황과 역강逆姜[3] 의 일곱째 소생을 빼내어 간 전후 곡절을 소상히 공초하라."

도사의 새된 목소리가 허공에서 갈라진다. 제 귀에도 퍽 거슬리는 음성이라 도사는 눈썹을 찌푸렸다. 자글자글 가로진 잔주름과 또렷한 여덟 팔八자 주름이 도사의 너른 이맛전에서 꼬이고 얽혔다.

여인들은 도사의 말에 알은체하지 못했다. 도사의 음성 탓이라기보다 내옥에서부터 거듭된 형신에 거지반 넋이 나가서다.

"기어이 입을 봉할 참이더냐? 악독하도다. 여봐라, 주리 틀 차비를 하렷다."

"예이."

땀에 젖은 손들이 부산스레 여인들의 무릎 위쪽과 발목을 꽁꽁 묶고 종아리 사이에 주릿대 두 개를 끼웠다.

---

2 봉림대군

3 소현세자의 처 강빈. 당시 시아버지 인조의 수라에 독을 넣었다는 누명을 썼으므로 역강이라 했다.

"주리를 틀어라."

나장들이 주릿대를 비틀자, 여인들이 창자에서 올라오는 성싶은 비명을 터뜨렸다. 곧 여인 하나가 고개를 가슴팍으로 떨어뜨리며 기절했다.

머리털이 있으니 보개산 비구니는 아닐 터.

"저것, 이름이 무엇이냐?"

도사가 묻자, 나장이 답했다.

"역강의 외궁 비녀 극종이라 하오이다. 내옥에서 스스로 죽고자 혀를 깨물고 머리를 찧었으나, 숨은 끊어지지 않았습니다. 그때부터 눈동자가 풀리고 말을 하지 못합니다."

도사가 찬물 한 바가지를 청해 반은 마시고 반은 극종에게 뿌렸다. 극종의 몸에서 뿌연 김이 피어올랐다.

"너희도 극종이와 같이 되고 싶으냐? 공초만 제대로 할작시면 목숨을 보전하고 멀리 정배를 갈 것이나, 공초를 하지 않으면 극종이처럼 이 국청에서 죽을 것이다."

정배라는 말에 눈이 번쩍 뜨인 영옥이 입을 달싹거렸다.

안개와 이슬에 휘적신 외딴섬이면 어떠랴. 이승이기만 하다면 그곳이 어디인들 이 구중궁궐보다 혹독하랴.

영옥이 침으로 입술을 적시고 음성을 짜냈다.

"저주라니, 차마 입에 담기도 두렵습니다. 만약 소인이 저주에 관련되었으면 이 자리에서 벼락을 맞으리다. 외궁에 있을 적에 변경이 소란하다는 소식이 들렸습니다. 일찍이 병자년에 강화로 피란 간 경험이 있고 그때 가지고 있던 귀물을 전부 잃다시피 했습지요. 어리석은 소견으로 피란을 대비코자 처소 섬돌 아래 흙을 파고 은보銀寶 몇 가지를 묻었습니다. 마침 대전大殿 궁인이 지나가다 유심히 보기에 소인이 구구절절 상황을 설명했습니다. 그때는 웃으며 알았다 해놓고선 이제 와서 저주를 언급하다니… 소인은 다만 사람이 무서울 따름입니다."

영옥이 그 궁인을 떠올리는 듯 눈을 질끈 감았다 홉떴다.

"그래서 그 은보는 지금 어디 있느냐?"

"숨겨둔 보람이 없을 듯싶어 이틀 후 파내고자 하였으나, 이미 누군가 손을 대었는지 아무것도 없었습니다."

"역강의 일곱째 자식에 대하여 아는 바를 말하라."

"전연 없습니다. 지난해 섣달, 역강이 첩첩이 싸서 묶은 보퉁이 하나를 내주었는데, 길이가 한 자 남짓 되었습니다. 보개산 비구니 혜영에게 전하라 하기에 저희는 그대로 따랐을 뿐이지 그것이 무엇인지는 까맣게 몰랐습니다. 역강이 부처님 모시는 일에 쓰라고 황금과 비단 등속을 혜영에게 주는 것은 예전에도 소인이 더러 목격하였습니다. 그래서 그 보퉁이에도 맨 그런 물건이 들어있으려니 짐작만 했습니다. 맹세코 소인은 아무것도 모릅니다.”

도사의 팔자 주름이 오른쪽으로 휜다.

아무것도 모른다? 모르면 지어내기라도 해야지. 궁중에서 눈칫밥 먹은 세월이 적지 않을 텐데, 어찌 이리도 맹하단 말인가.

“네가 역강의 측근으로 은밀한 수발을 도맡은 정황이 이미 분명하거늘 감히 국청을 능멸하며 끝까지 모르쇠를 댈 참이냐? 여봐라, 저년의 정강이를 조금만 더 으깨면 참말이 절로 나올 터인즉 나장은 속히 거행하라.”

“예이.”

두 나장이 하나둘셋 박자를 맞추듯 상체를 흔들다 눈빛을 교환하고는 힘껏 주릿대를 바깥쪽으로 비틀었다. 영옥이 비명도 못 지르고 입만 쩍 벌렸다.

참말. 참말이 무엇일까? 영옥은 거짓말이라도 지어내어 도사의 마음에 들고 싶은데, 거짓말조차 엮어 맞출 기력이 없다.

“독물毒物이로다. 단근질할 차비를 하라.”

“예이.”

쇠꼬챙이를 달구는 화기가 영옥의 콧구멍에 닿았다. 그

쇠가 제 맨살을 지져 기어코 뼈에 닿으리라 지레짐작한 영옥이 기절했다.

나장이 영옥의 머리에 찬물을 끼얹었더니 코밑에 가운뎃손가락을 대어보고 도사에게 아뢰었다.

"절명한 듯하오이다."

"거참…."

도사가 눈을 깜박였다. 땀방울 탓인지 눈알이 따갑다. 수염 속, 사타구니 어름 살갗도 따끔거린다. 빽빽이 돋은 땀띠가 소금기에 버석거리다 그예 쓰리고 쑤셨다. 홀딱 벗고 등물이나 했으면 소원이 없겠다 싶다.

살고 싶어 몸부림친 영옥이, 죽고 싶어 몸부림친 극종을 앞섰다. 도사가 손짓하자 나장 둘이 영옥의 몸을 국청 밖으로 끌어냈다.

"영옥은 죽었고, 극종은 이미 죽은 목숨이나 진배없으며, 종일은 사리 분별을 못하는 천치이니, 진짜 독버섯은…."

도사가 혜영을 노려본다.

혜영은 이레 전, 역강의 궁인에게서 누더기로 겹겹이 싼 갓난아기 주검을 전해 받고는 몰래 양주 대탄에 던졌다고 공초했다. 곧 어명을 받든 내시와 함께 도사가 혜영을 데리고 대탄으로 갔다. 짙푸른 솔숲과 검누런 벼랑으로 둘러싸인 대탄은 수량이 많고 물살이 빠른 아우라지였다. 양주, 마전, 적성, 연천의 장정과 떼꾼 칠십여 명을 차출하여 대탄 일대를 이 잡듯이 쾡이질하였다. 이틀에 걸친 작업이 끝날 때쯤, 혜영이 울며 말을 바꾸었다. 이곳이 아니라 일 리쯤 거슬러 올라가서 버린 것 같다고. 거기는 강이 너무 깊고 여울이 많아 쾡이질도 여의치 않았다. 소가죽으로 물을 막고는 키 큰 장정들을 어깨동무시켜 턱이 물에 잠길 때까지 들어가게도 해보고, 잠수에 능한 자들을 골라 물속을 뒤지게도 하였지만, 종내 아무것도 얻지 못하였다.

혜영은 극종과 종일에 비해선 멀쩡해 뵈는 축이지만, 정강이뼈가 으스러지고 허리가 내려앉은 지 오래다. 한평생 고행에 단련된 강단으로 덜 내색할 따름이다.

나장들이 주릿대를 고쳐 잡자, 도사가 혜영의 곁으로 와서 나장들을 제지하고 궁굴렀다.

"네가 역강과 더불어 동궁을 저주했다는 사실은 온 천하가 알고 있느니라. 그 보퉁이에 함께 싼 물건과 글월에 대해 이실직고하라."

혜영이 헐떡거리다 말소리를 토해냈다.

"벌써 몇 번이나 말하지 않았소? 갓난아기 주검이 있었고 글씨가 있었소. 용왕님, 이 아기를 불쌍히 여기시어 구원해

주소서."

용왕이, 부처가, 칠성이, 아무러한 신령한 힘이라도 있었다면 그 아기씨가 그리되었을 것이며 빈궁마마가 그리되었을까.

혜영의 눈에 피눈물이 고였다.

"또 조그마한 붉은 비단 주머니에 나비 모양 패옥이 들어 있었소. 그것밖에 없었소. 이젠 죽어도 더 할 말이 없나이다. 죽여주시오."

도사가 혜영을 손가락질했다.

"흉악한 것. 네 입으로 처음에는 대탄이라고 하였다가 나중에는 상류에 던졌다고 말을 바꾸지 않았느냐? 네가 그러고서도 더 할 말이 없다는 것이냐? 여봐라. 이 독물에게 낙형을 가하라."

벌겋게 이글거리는 쇠가 혜영의 발바닥을 지졌다. 안 그래도 끓는 가마솥 같은 국청에 살 익는 누린내가 퍼졌다.

혜영은 이제 눈살도 찌푸리지 않았다. 이미 황천 가는 나룻배에 한 발을 올려놓은 듯한 얼굴에서 입술이 저 홀로 움직였다.

"무슨 말을 더 하라는 것이오? 더 할 말이 있거든 일러주시오."

"그 글월 가운데에 다른 긴요한 내용이 있었을 터. 동궁을 저주하고 임금을 원망하며 궐 밖에서 연통하는 자에게 전하는 말? 그 연통하는 세력이 누구누구인지, 그런 것을 고하라. 그래야 네가 목숨을 보전한다."

"죽이시오. 거짓말도 노상 하던 사람이나 하는 게요. 어찌 나라에서 한낱 비구니에게 없는 얘기를 지어내라 겁박한단 말이오?"

"그렇다면 시체를 던진 곳이라도 정확히 이르도록 하라."

"대탄에 던졌소."

"대탄이라 했다가 상류의 시냇물이라 했다가, 네가 감히 금부를 우롱하고 국청을 기만하려 드는 게냐?"

"그 근방에 던졌소이다. 강물이 언제 제자리에 가만있습디까?"

겨우 새끼 고양이만 하던, 밀랍으로 빚은 인형 같던, 이제는 정말로 그 보퉁이에 있었는지조차 어사무사한 일곱째 아이.

쇠가 혜영의 발등을 지진다. 혜영이 스스로 혀를 깨물었다. 혜영의 입에서 쏟아진 검붉은 피가 쇠붙이에 쏟아지며 치직치직 소리를 냈다.

"나라님께 여쭙습니다. 죄 없는 며느님을 죽이고 어린 손자들을 절도로 유배 보낸 것으론 부족하더이까? 아비 없이 태어나, 어미 젖도 못 빨아보고 죽은 일곱째 아기씨를, 이제 와서 불러내는 이유가 무엇이오? 죽은 아이가 살아날까 두렵소이까? 그렇다면 자꾸자꾸 불러보시구려. 항차 그 두려움이 죽은 아이를 살려내고야 말 테니! 죽었다 살아난 아이를 또 죽이진 못할 테니!"

혜영의 말이 누구의 귀에도 닿지 못하고 흩어졌다. 도사가 역정을 낸다.

"저 흉물이 무어라 지껄이는 게냐?"

나장이 혜영의 턱 밑에 귀를 갖다 대지만, 들리느니 나무아미타불 관세음보살. 나무아미타불 관세음보살….

나무아미타불 관세음보살. 나무아미타불 관세음보살. 내 혼이여, 어서 육신을 떠날지어다. 벗어날지어다. 훨훨.

혜영의 눈동자에 흰 나비 한 마리가 어린다. 나비가 날개를 파닥거린다.

오, 아기씨, 일곱째 아기씨. 나비가 되셨구려. 사람으로 나지 않아 얼마나 다행이오….

둘째

왕의 사촌과
정승의 얼자

이 이야기는, 내가 딸을 통해 알게 되어 딸만치나 무람없이 지낸 홍예형에게서 들었다. 예형은 정승 허적의 얼자孽子 견의 재취이다. 나중에는 내외가 개와 고양이처럼 앙숙이 되지만 당시만 해도 금슬이 괜찮았다. 견은 본디 성정이 경망하고 수다스러워 조심하고 경계하는 태도가 없었으므로 갓 시집온 아내에게도 속내를 숨기지 않았다.

을사년(현종 6년)[4] 이천 도드람산 돼지굴
암벽으로 둘러싸여 바람조차 닿지 않는 곳. 입구 쪽 희끄무

---

[4] 1665년

레한 하늘이 유막처럼 드리운 돼지굴.

인조대왕의 손자요, 금상의 사촌 복선군 이남李枏이 돼지
굴 입구 반석盤石에 수달피 방석을 깔고 앉았다. 흰 피부와
날렵한 콧날, 선이 고운 붉은 입술은 풀솜에 싸여 자란 귀인
의 범상한 관상. 호랑이 눈썹, 치켜 올라간 눈초리와 서늘한
눈정기, 뚜렷이 긴 인중은 이 사람만의 범상치 않은 관상.

세속과 이곳은 얼마나 떨어져 있는가. 이승과 저승만치나
아득하지 않은가.

남의 왼쪽 볼우물이 제풀에 경련하다 가라앉는다.

반석 아래 맨바닥에 무릎을 꿇고 앉은 이는 남인의 영수
이자 우의정 허적許積의 얼자, 견堅. 견이 단도로 제 검지 첫 마
디를 쓱 긋는다. 견의 처남이자 이천 둔감屯監 강만송姜萬松이
소주에 남의 피와 제 피를 섞은 백자 잔을 내밀어 견의 피를
받는다. 생채기에서 피를 짜내는 견의 이마와 콧등에 주름
이 잡힌다.

저 고운 주름. 경국지색 월 서시가 배앓이할 때 지었다는
주름이 저런 것이랴.

남은 견에게서 내내 시선을 떼지 못했다. 흰 눈 위를 어른
거리는 매화 빛깔 그림자. 그 날씬하고 우아한 골격이 무릎
걸음으로 다가와 읍하고는 소주잔을 감싼 양손을 제 정수

리 위로 올렸다. 남이 아까 베인 손가락을 잔에 담가 휘휘 저은 다음, 한 모금 마시고 견에게 돌렸다. 견은 이번에도 정수리 위로 두 손을 올려 잔을 받아 고개를 외로 꼬고 마셨다. 그 얌전한 자태에 남은 명치께가 뻐근하도록 느껍다.

어여쁘다, 노직魯直[5]. 화촉동방 아니라 어느 외진 객관의 구석방에서라도 밤새 너를 만질 수 있다면. 찹쌀가루와 복숭아즙으로 빚은 듯 고운 네 귀, 아, 그 귓불만이라도.

견에게 건네받은 잔을, 만송이 단숨에 비웠다. 남이 입을 뗐다.

"이로써 우리 세 사람의 의리를 뭇 생명의 근원인 피에 부치노니, 목숨 다하는 날까지 굳건할지라."

견의 길고 숱진 속눈썹이 바르르 떨릴 때, 남의 왼뺨도 겨울 문풍지처럼 떤다. 만송이 입꼬리에서 흐르는 술을 소맷자락으로 훔쳐냈다.

천하를 다스리는 꿈을 꾸면서 제 뺨 한쪽을 다스리지 못하는 왕손일세.

행여 속생각이 입 밖으로 튀어나올까, 만송은 이를 앙다물었다. 견이 굵은 눈물방울을 뚜두둑 떨어뜨렸다.

---

5 허견의 자字

"오래 사모해 온 미인美人께서 천하고 외로운 자를 꺼리지 않으시니 하해와 같은 은혜에 감읍하옵니다. 소인은 서얼을 천대하는 이 세상이 두렵고 싫사와, 그저 하늘땅이 들러붙어 인간이란 종자가 결딴나는 날만을 기다렸사온데, 이제 의탁할 미인이 있고 보니 마치 새 하늘 아래 새 세상을 만난 듯하옵니다."

남은 견의 보임새에만 반한 것이 아니다. 남에겐 없는 소년의 격정. 그 격한 성정이, 남은 사랑스럽다.

인정에 굶주린 소년은 젖배 곯은 유아와 같으니. 유아가 젖비린내에 환장하듯 소년은 자기를 인정하는 이에게 진심을 바치리니, 늙은이의 노회한 눈굴청에 속 끓이지 말고 소년의 눈물을 믿을 일이다.

남이 사슴 육포를 뜯어 견과 만송에게 하사하였다.

"아마도 내년에 외가에 경사가 여러 번 있을걸세. 종실은 외가가 번성해야 그나마 기댈 데가 있지. 내 생일날 즈음하여 연회를 마련할 참이네. 자네도 부를 터이니 그리 알게. 우리 남인 중에서 재주 있고 창창하다는 말 듣는 젊은 축은 그날 다 모일걸세. 그들과 안면 틀 기회로는 맞춤한 자리지."

"승지 영감이 영전하실 모양이옵니다? 아니면, 병신년에 중시重試가 있었고 내년이 꼭 십 년 되는 해이니 수촌水邨[6] 나리께서 중시를 보시옵니까?"

"외숙 중에서는 승지 영감이 제일 심약해. 크게 쓰이지는 못할걸세. 허나 수촌은 인물이지. 재주를 타고난 데에다 위인이 담대하거든. 청출어람이라더니 승지 영감과 수촌이 그러하네. 아비보다는 아들이 어느 모로 봐도 걸출하니 말일세. 수촌은 병신년 별시로 급제한 무리 중에서 군계일학 격으로 커왔고 오는 중시에는 장원을 할걸세. 단번에 당상관으로 뛰어오르는 게지."

당상관? 그렇지, 당상관. 그야말로 떼어놓은 당상이렷다.

견은 아랫입술을 지그시 깨물었다. 생살을 도려내는 듯이 날카로운 통증이 견의 몸통을 훑어내리고는 발가락 마디마다 고였다.

문장 다루는 재주라면, 담대하고 활달한 기상이라면, 견도 시수에 뒤지지 않을 자신이 있다. 그러나 천얼賤孼인 견에게는 그런 재주와 기상을 발산할 통로가 없다. 오히려 그 재주와 기상이 온 집안의 걱정거리다. 서인들은, 종종 나라의 걱정거리라고까지 입방아를 찧어댄다. 천첩인 어미는 어릴 때부터 견이 무엇을 특출하게 잘하면 칭찬해 주기는커녕 그 자리에 퍼더버리고 앉아 방성통곡하기 일쑤였다. 재상인 아비는 견에게 재주와 기상을 억누르고 색욕과 물욕을 추구하라 길을 터주었다. 아들이 글을 읽으면 근심했고, 무예를 닦으면 꾸짖었다. 기방을 드나들면 안심했고, 귀한 물건을 탐내면 반드시 구해다 주었다.

아비를 만나러 온 길에 견과 마주친 남은 처음부터 견을 각별히 대하였고, 견은 그것이 뼈에 사무치도록 고마웠다. 한자리 얻어걸릴까 집 주위를 얼쩡거리는 양반가 적자들이 견에게도 알랑방귀를 뀌어댔지만, 그들의 눈빛에 배어있는 경멸을 눈치 못 챌 견이 아니었다. 그것을 잘 알기에 견은 부러 그들의 아첨을 받아주는 체하다가는 심한 모욕으로 갚아주곤 했다. 장안에 퍼져있는 견의 악명은 실로 그들의 입에서 입으로 전해진 것이다. 사람이 하류下流에 처하면 온갖 악명이 모인다더니 한번 욕을 얻기 시작하자 짓지 않은 죄까지 장안의 죄란 죄는 죄다 견에게로 몰리는 형국이다.

견의 마음을 읽은 듯 남이 어른다.

"피에 부친 의리가 아닌가. 심중에 있는 말을 내어놓게. 내 다 들어줄 터이니."

견이 고개를 조아렸다.

"외람되오나 은혜에 기대어 소인의 한 맺힌 심중소회를 말씀 올리겠나이다. 사람으로 나서 성장한다는 것은 물이 흐르는 이치와 다를 바 없다 생각되옵니다. 흐르는 물을 막으면 고여 썩을 수밖에 없지요. 작금 소인의 처지가 바로 고여 썩어들어가는 물과 같습니다. 소인은 썩어들어가는 물에서 소리도 못 내고 울부짖는 물짐승입니다. 어미만 알고 아비는 모르는 것은 짐승이라고 《의례儀禮》의 전傳에도 나와 있는 줄로 아옵니다. 그런데, 소인과 만송 같은 얼자는 오로지 어미만 알고 골육을 물려주신 아비는 남처럼 여기어야 하오니 과시 짐승이 아니고 무엇이라 하리까?

불행히도 집안에 적자가 없어 소인이 가친의 한 점 혈육임은 대감께서도 이미 잘 아시는 사실이옵니다. 하오나 혈육이면서 또한 혈육이 아닌 듯 처신해야 하는 얼자인 소인은 감히 조상을 잇지 못하고 아비를 잇지 못하옵지요. 또한 서얼 금고법으로 하여 아무리 힘써 재주를 연마하여도 필경 그 뜻을 펼칠 수가 없사오니, 이것이 소인의 대로 끝난다면 다행이려니와 한번 얼자는 영구한 얼자로서 대대로 막히고 버림받사옵니다. 사람이면서 사람 대우를 받지 못하고 죄인이 아니면서 죄인처럼 움츠리고 살아야 하옵지요.

사정이 이러한지라 얼자가 철이 든다는 것은 곧 스스로

세상에서 버림받은 자임을 깨닫고 죄인처럼 숨어 사는 일이 되옵니다. 하오나 소인은 철이 들지 못하여 늘 잠든 채로 죽어 아무것도 모르게 되는 날을 꿈꿔왔사옵고, 또한 이러한 모순을 바로잡아주실 성인聖人을 꿈꿔…."

"이 사람, 노직. 쓰읍."

남이 손을 흔들고 쉿소리를 내었다. 견이 영문을 모르고 고개를 들어보니 남의 낯빛이 파랗게 질려 있었다.

목소리가 제풀에 커졌나? 넋두리가 과했나?

견은 곧바로 이마를 땅에 찧을 듯이 깊이 부복하였다.

남은 잠시 말을 잇지 못했다. 얼결에 깨문 혓바닥에서 핏물이 배어 나와서다. 사슴 고기의 질긴 육질에 제 핏물이 스며들었다.

몹시 불안해진 견이 선수를 뗐다.

"천얼이 감히 방정맞은 입을 놀렸사옵니다. 죽여주소서."

덜 씹은 육포를 꿀꺽 삼킨 남이 목청을 돋웠다.

"그게 무슨 말인가? 자네들의 가긍한 정상을 내 어찌 공감하지 못하리? 현철하오신 우리 금상이야말로 만고에 없는 성인이시니 머지않아 자네들 같은 서류庶類의 억울함을 풀어주실 터. 그날을 손꼽아 기다리시게."

말은 그렇게 하면서도 남의 황갈색 눈동자는 암벽 너머

를 뚫어져라 노려본다.

저이가 뜬금없이 금상을 추켜세우는 까닭은?

견의 등에서 식은땀이 흘렀다. 남이 눈 더미 위에 손가락으로 무언가 썼고 견이 입속으로 그것을 읽었다.

鳥聽.

새가 듣는다.

무슨 글자인가 싶어, 만송이 무릎걸음을 쳤다.

그때, 칼날이 허공을 가르는 소리가 나고, 굳은 눈덩이가 떨어지며 부서졌다. 세 사람은 그 자리에 얼어붙었다. 연이어 무언가가 눈 위에 부딪는 둔중한 소리가 났다. 흰 눈 위에 선홍빛 길을 내며 핏물이 만송의 발치까지 흘러왔다.

견이 구역질하며 어깨를 들먹거리다 손바닥으로 입을 싸쥐었다. 좀 전에 마신 피 소주가 손가락 사이로 흘러내렸다.

눈구멍이 쑥 들어간 더벅머리가 그들 앞에 무릎을 꿇었다. 복선군을 그림자처럼 쫓으며 호위하는 오목눈이다.

"웬 쥐새끼가 엿듣고 있기에 후환을 없애고자 목을 베었사옵니다. 멧돼지 떼가 뒤처리는 알아서 해줄 터이니 과히 심려 마옵소서."

만송이 주먹으로 견의 등을 쓸어주며 중얼거렸다.

"돝 울음소리 그치지 않아 도드람산이라더니 이런 용도

가 있을 줄이야.”

남이 짐짓 태연한 척 나직이 말한다.

“지나가다 호기심에 엿들은 일개 사냥꾼일 수도 있으나 만에 하나, 부원군의 간자일 수도 있지. 노직, 조심하게. 도처에 저들의 간자가 있다는 사실을 명심해야 하네. 금상은 옥후 미령하시고 세자는 겨우 다섯 살. 장성한 종실 중에서나, 복선군은 부원군의 눈엣가시일 수밖에 없어. 형님과 아우는 여색에 빠져 늘 몽롱한 모양새라 저들의 멸시를 받을 뿐이지만, 여색을 기피하고 여러 벗들과 사귀기를 좋아하는 나에게는 어디를 가든 감시의 눈이 따라붙지. 철저히 겉과 속을 달리하는 처세만이 우리 목숨을 보전해 줄걸세. 노직 자네는 그 울컥 토해내곤 하는 격정이 큰 병통이야.”

나야 그것 때문에 너를 사랑하지만.

남이 얕은 한숨을 깨물고 말을 이었다.

“때가 이를 때까지는 누르고 또 눌러야 하리.”

“대감의 말씀, 소인의 뼈에 아로새기겠나이다.”

견이 감격에 겨워 흐느끼는 섶에 동그란 금귀고리가 작은 풍경처럼 찰랑거렸다.

“소현의 골육이야말로 떳떳한 적통이라 생각하는 민심도 적지 않아. 그들 눈에는 금상도 곁가지에 불과하다네.”

적통, 그놈의 얼어 죽을 적통.

고개 숙인 견의 얼굴에서 입꼬리만 비틀려 올라간다. 눈물로 흥건한 얼굴에 냉소가 번진다.

태조 이후로 적장자가 왕통을 승계한 때가 더 많았소, 아닐 때가 더 많았소? 따지고 보면 당신 고조부 선조대왕은 곁가지 축에도 못 드는 종실이었고, 당신 조부 인조대왕은 반정을 일으켜 왕위를 찬탈하지 않았소? 성공했으니 망정이지 실패했더라면 당신은 태어나지도 못했소이다.

"여북하면 강빈의 일곱째 자식을 모처에 숨겨놓고 제왕 교육을 시킨다는 소문이 다 돌더구먼."

"강빈이 유폐된 별궁에서 홀로 낳았다는 유복자 말씀이오니까? 사산했다던데, 죽은 아이가 어찌 살아오리까?"

"사산 여부도 확실치 않고 그 시신이 중인환시衆人環視리에 명백히 처리된 것도 아니니 말일세."

"위의 두 아들이야 절도 유배 중에 요절했다지만 경안군이 멀쩡히 살아있지 않습니까? 살아있는 적통을 두고 죽은 아이를 구태여 되살려내려 하는 자들이 과연 있을까 싶소이다만?"

"경안군은 빤히 보이는 곳에서 납작 업드려 있으니 두려울 까닭이 없지. 제까짓 게 뛰어봤자 벼룩이거든. 그치는 간이 작아 뛰지도 못해. 뛰기만 하면 철퇴를 맞을 줄 아니까. 호랑이보다 무서운 건 눈에 안 보이는 소문 속 성군의 재목이라네. 권력을 빼앗길까 두려운 자들도, 권력을 빼앗고 싶은 자들도 귀가 솔깃해지는 소문인 게지. 그런 소문이란 뿌리 뽑으려 애쓸수록 우후죽순처럼 무성해진다지? 그것참, 소문에다 철퇴를 내릴 수도 없고.”

“듣고 보니 참으로 그러하오이다.”

소문 속 성군의 재목은 내가, 우리가 다듬어낼 테다. 두고 보아라.

견이 붉은 기가 유난한 입술을 잘근잘근 씹었다.

여종과 빈객

이 이야기는 내가 승려 처경의 암자에 들락거릴 때 자련 보살에게서 들었는데, 자련의 속명이 곧 애숙이다. 애숙은 차마 못 견딜 일을 숱하게 겪어 거지반 이 세상 사람이 아니었으나, 제 살아낸 얘기를 나에게 털어놓을 즈음에는 봄물 오르는 낙엽수가 마지막 묵은 잎을 떨어내는 형상이었다.

병오년(현종 7년)⁷ 한양 복선군의 집
솟을대문. 높고도 높아 하늘도 꿰뚫을 것 같은 솟을대문. 주인마님 같은 솟을대문. 애숙은 그것을 흘낏 올려다보다

---

7 1666년

말고 누가 볼세라 눈을 내리깔았다. 상춘賞春 갔던 주인마님이 솟을대문 안으로 들어선 게 언제였나. 견마 잡힌 빈객들이 곰비임비 들이닥친 게 언제였나. 기껏해야 사나흘 전이었을 텐데, 무슨 조화로 수삭數朔이나 지난 일만 같을까. 아궁이의 불꽃, 술독, 선반, 차일과 등롱처럼 시간도 날짜도 애숙의 눈동자 속에서 두세 겹으로 흔들리다 가물가물, 흐물흐물, 뭉개지고 사라진다.

며칠째 날밤을 꼬박 새우는 잔치라 나그네의 행실도 가지각색. 주야장천 부어라 마셔라 왜장치는 치, 한 귀퉁배기에 쓰러져 자는 치, 돌아다니며 주사를 부리는 치. 눈치 보아 빠져나가는 치도 있지만, 먼 데서 오느라 이제야 도착하는 치도 있었다. 안팎 비복들과 드난꾼들이 번차례로 쪽잠을 청해 가며 잔치 시중을 들고 있다. 아궁이에 불 꺼질 틈 없이 밥 짓고 국 끓이고 고기 삶는 한편으로 떡메를 치고 채소를 절이고 전을 부치고 닭을 잡는다.

언제나 파할지 이대로 몇 날 몇 밤을 더 고생해야 할지. 애숙은 그나마 쪽잠조차도 남편 순둥이 시비를 거는 바람에 고이 얻어 자질 못했다. 밤낮없이 동동거린 애숙의 발바닥은 아프다 못해 불붙은 것처럼 뜨거웠다. 정신도 사뭇 멍해져서, 아궁이 앞 드난꾼들이 찧고 까부는 소리가 어디 먼 데서 들려오는 풍문처럼 아득하다.

"에그, 되는 집안은 가지나무에 수박이 열린다더니 승지댁 자손들은 어째 하나같이 저리 현달할꼬. 시험만 치면 장원급제요 벼슬만 하면 청관 요직이니 원, 조상 묘를 잘 썼나?"

"입조심하게. 누가 들으면 어쩌려고."

"형님도 참, 내가 뭐 못 할 말 했수? 그런데 형님, 승지댁 잔치를 승지댁에서 안 하고 왜 이 댁에서 한답디까?"

"귀하신 분들 사정이야 아랫것들이 알 바 없고. 이 댁도 외가가 잘되면 덕 볼 일이 많겠지. 아, 우리 같은 아랫것들도 외가가 잘되면 떡고물 떨어지는 거 없나 기웃거릴 판인데 이런 대갓집서 오죽하겠나."

"하기는 그렇지요. 아이고 하느님도 불공평하시지. 어떤 년의 팔자는 친가고 외가고 덕 볼 데라곤 없는걸. 덕 보기는 고사하고 이 알량한 년의 덕을 보려는 인간이 왜 그리 많은지. 백수건달 서방에 반거들충이 자식새끼까지, 아이고 내 팔자야."

"또 어떤 년의 팔자는…."

낯선 드난꾼들이 애숙을 곁눈으로 보며 숙덕질했다.

"종년 인물은 못난 쪽이 팔자가 편치. 종년이 잘나봐야 이

손 저 손 갖고 노는 노리갯감밖에 더 돼?"

애숙은 눈시울에 불이 올라 돼지고기 편육을 담은 접시를 놓치고 만다. 맞은편에서 누름적을 부치고 앉았던 찬모 한돌어미가 용케 접시를 받아냈다.

"정신 차려, 이년아. 밤낮으로 속곳 마를 새 없는 년이니 가랑이에 힘도 없기는 하겠다만, 때가 어느 땐데!"

애숙의 아래턱이 덜덜 떨렸다. 한돌어미가 밉기보다는 순둥이 원망스럽다.

지질한 놈. 주인마님한테는 고개도 못 쳐들면서 허구한 날 제 여편네만 닦달하고 쥐어뜯는 서방놈. 그냥 콱 코를 막든 목을 누르든 숨통을 끊어주지 않고서. 그랬음 저도 시원코 나도 시원치. 개값에도 못 가는 종년이 죽지도 못하고 이게 뭐람.

"궁둥이에서 비파 소리가 나도록 뛰어다녀도 모자랄 잔치판이야. 어디 숨을 생각은 요만큼도 하지 마라, 쯧쯧."

한돌어미가 애숙의 손에 접시를 챙겨주며 오금을 박았다.

애숙은 잠자코 바깥마당으로 나왔다. 서산에 붉은 기가 가득하다. 곧 해가 떨어질 테다. 잔치판은 더 어지러워지겠지.

"애숙이 네 이년."

목덜미에 웬 더운 숨결과 토사물 냄새가 훅 끼친다. 애숙이 고개를 돌리기도 전에 아귀힘 센 손이 어깨를 넘어왔다. 손은 애숙의 앞섶을 파고들어 젖가슴을 움켜잡고 함부로덤부로 주물럭거린다.

"내가 그만치 눈치를 주었건만 잘도 도망 다니더구나."

익숙한 음성. 주인마님의 장원급제한 외사촌, 이 시끌벅적한 잔치의 주인공 오시수. 시수의 손이 애숙의 젖꼭지를 잡아 늘였다가 배배 꼬았다.

"나으리, 송구하오나 쇤네가 달거리를 하고 있사와…."

시수가 코를 킁킁거리며 애숙의 치마를 걷어 올리고 다리 속곳을 더듬거렸다. 속곳 속 두둑한 개짐을 확인한 시수가 의심쩍은 눈길을 거두지 않으면서도 그만 가보라는 손짓을 했다.

천한 계집에겐 달거리가 은장도인가? 죽을 때까지 달거리나 했으면.

애숙이 헛웃음을 웃었다.

"게 섰거라."

웬 사내가 인기척을 냈다. 애숙이 사내를 흘낏 보았다.

겨우 관례나 치렀을까. 앳된 꾐받이 소년의 인상. 햇볕에 잘 그을린 가무스름한 살갗으로 보아 책상물림은 아닌 듯. 수려한 이목구비에 비단 두루마기. 사내의 귓불에 꿰인 금귀고리가 반짝, 빛을 발한다. 유난히 예쁘게 생긴 귀. 월궁 항아가 그 섬섬옥수로 송편을 빚으면 저런 모양이 나올까.

바깥마당에 즐비한 차일 어딘가에서 노직, 노직, 하고 부르는 소리가 들렸다. 사내가 얼핏 멈춰 섰다간 모르쇠하고 굴뚝 뒤로 몸을 숨겼다.

그 틈을 타 애숙이 접시를 그러쥐고 한 걸음 내딛자, 사내가 애숙의 왼팔을 함부로 잡아챘다.

아악, 애숙이 신음을 깨물었다. 왼쪽 어깨가 망가진 지는 오래됐다. 왼손으로는 머리를 만지지도 못하고 뒤보고 속곳 끌어올리기도 힘들다. 어쩌다 삐끗할 때마다 불로 지지는 듯 아프다.

"그것이 편육이렷다? 마침 안주가 떨어졌으니 따라오라."

"저기서 아까…."

애숙이 머뭇머뭇 웅얼거리는 말을 듣지 않고 사내가 앞장섰다. 애숙이 하릴없이 사내를 뒤따랐다. 여종이 빈객의 예사로운 청을 거스를 수는 없으니.

해 넘어간 산자락에서 내려온 어스름이 잔칫집 마당도 슬금슬금 집어삼킨다. 노복들이 온 집을 돌며 등롱대에 불을 켰다.

우물과 방앗간을 지나 검푸른 저녁 거미 속으로 성큼 발

딛는 사내를 보고 애숙이 말했다.

"나, 나리, 어디로 가시는 것이온지?"

"저기 솔숲 어름에 호젓한 술판이 있다. 잔말 말고 따라오
너라."

애숙은 걸음을 멈추고 사내를 따를까 말까 망설였다. 노
직이라 불리는 이 사내는 문서로 엮인 상전도 아니고 뉘 집
에서 온 손인지도 모른다.

"네 이년, 내가 누구인지 알고 뻗대는 것이냐?"

사내가 문득 뒤돌아보며 성난 목소리로 호통치자 애숙이
놀라 걸음을 재촉했다.

겁먹지 마. 나는 달거리 중이잖아?

호젓한 술판은 어디에도 보이지 않았다.

사내의 자취를 놓치고 두리번거리는 애숙을, 뒤에서 접근
한 사내가 다짜고짜 넘어뜨렸다. 편육이 사방으로 흩어지
고 접시가 두 동강으로 갈라진다.

"다, 달거리… 달거리…."

"달거리? 흥, 나한테는 그딴 핑계 안 통한다."

사내가 애숙의 치마를 착착 걷어붙이고 속곳을 벗겼다.
손에 익은 솜씨다.

애숙의 귀에, 순둥이 앙가슴을 쥐어지르며 내뱉던 경고

가 메아리친다.

행신머리 조심해. 씹 인심 좋은 계집, 한 마당귀에 시아비가 아홉이랬어. 네년 꼬락서니가 딱 그래.

"뉘, 뉘시오? 뉘시기에 임자 있는 계집한테 버젓이 행악을 부리시오?"

"누구냐고? 거참. 내가 누구인지는 나도 모르느니라."

사내가 애숙의 몸뚱이 위로 엎어진다.

"임자가 있다고 했느냐? 하하. 본래 임자 있는 계집이 별미란다. 종년에게 일부종사니 절개 따위가 가당키나 하다더냐? 무엇이 걱정이냐? 모두 운수소관으로 여기고 외간 사내 맛이나 즐기려무나."

이놈 말하는 본새를 보게나.

애숙이 피식, 웃었다.

사내의 몸뚱이가 애숙의 아랫녘을 쿵쿵 찧어댄다.

"이왕이면 다홍치마라고, 기왕 외간 사내를 볼작시면, 나 정도는 잘난, 사내를 봐야지. 정 꺼림칙하거들랑 속세 사내로 둔갑한, 인왕산 산신령이라, 생각하거라. 산신령한테, 육보시 한 번 한다, 생각하면, 좋지 않으냐? 그리고, 엎어진 김에, 쉬어간단 말이 있느니, 씹하는 김에, 쉬어간단 말도, 있다더라."

"고양이 쥐 생각도 유분수요."

양반 못된 것 계집 사냥부터 배운다더니 네놈이 딱 그 짝이로다. 그래, 네놈 잘난 양물에 내 피떡, 실컷 묻혀 가거라.

애숙이 몸서리를 친다.

"오호라, 네년이, 내, 가죽방망이질, 맛을, 아는구나?"

사내의 긴 속눈썹에 알알이 맺혀 있던 땀방울이 애숙의 입술에 투두둑 떨어졌다.

애숙은 또 피식, 웃고, 몸서리를 친다. 부처님이면 또 모를까, 왕가의 혈육 주인마님이나 장원급제했다는 외사촌이나 불쌍놈 서방이나 겉모습만 해반드르르한 외간 사내나 양물 달린 것들은 모두 몸서리난다. 떼어낼 수만 있다면 아랫도리를 떼어서, 옛다 처먹고 떨어져라, 뭇 사내놈들 상판에 던져주고 싶다.

오, 부처님, 부처님. 이 몹쓸 세상을 두고 보시렵니까? 생불로 오소서. 생불生佛로 오시어 이 불쌍한 중생을 구해주소서.

사내의 몸은 땀범벅이 되어가는데, 애숙의 몸에는 소름이 돋는다. 사내가 깊은숨을 내쉬며 흠뻑 젖은 귀뺨을 애숙의 얼굴에 밀어붙였다. 사내의 귀고리가 애숙의 입술을 짓누른다. 애숙은 귀고리 달린 그 귓밥을 물어뜯고 싶다. 질경 질경 씹어 뱉고 싶다.

평해 손가의
아비와 아들

내가 원통암^{圓通菴}에 다닐 때 승려 처경이 남의 말 하듯 소년 태철
이 부친과 불화한 끝에 가출한 얘기를 했다. 〈부모은중경^{父母恩重經}〉
을 강론하던 중이었다. 처경은, 부모라고 해서 모두 은혜롭지는
않다, 때때로 전생의 원수가 이생에서 부모 자식 인연으로 만난
다, 하며 눈물을 비치기까지 했다. 나중에 알고 보니 처경의 속명
이 태철이었다.

정미년(현종 8년)⁸ 경상도 평해
태철은 아비의 뒤통수를 노려보았다. 눈꼬리에서 파란 불

---

8 1667년

꽃이 튄다. 태철의 손끝이 툇마루에 걸쳐 있는 아비의 박달나무 지팡이에 가닿는다.

"이년. 이 똥정랑에 빠져 죽을 훼냥년. 소피보러 간다꼬 나간 년이 어데서 어떤 놈하고 훼냥질을 하다가는 인자사 들어오노, 어이?"

아비 손도가 어미의 귀뺨을 대여섯 번이나 거푸 올려붙였다. 어미의 코에서 굵은 핏줄기가 솟구쳤다.

"하늘 같은 가장을 니 발꾸락에 찐 때 택으로 여기는 기라, 어이?"

손도가 어미를 뒤에서 포박한 채 두 귀를 붙들고 대청마루 상기둥에다 마구잡이로 찧어댔다.

손도는 천성이 모질다. 근동에서는 '손도 온다'고 하면 세 살배기도 울음을 그친다. 입이 걸기가 두엄자리 같고, 일단 심사가 뒤틀렸다 하면 들입다 사람 몸뚱어리를 두들겨야 직성이 풀리는 버릇으로 호가 난 사람이다. 게다가 오 년 전 노름으로 가산 털어먹고 왼무릎이 망가져 집에 들어앉고부터는 제 신경질과 답답증까지를 보태어 어미와 태철을 괴롭혀댄다. 그깟 폭언이야 밥보다도 더 많이 얻어먹는 것이니 들어도 못 들은 척 흘려넘기지만, 온몸으로 받아내야 하는 매타작은 차마 못 견딜 노릇이다. 머리통 굵어진 태철은 재주껏 피해 다니지만, 어미는 그러지도 못한다. 된서방 수발 드느라 기허氣虛에 어질증에 울체에 가는귀에 건망증에 변비증에 가지가지 병을 다 앓는 어미. 이팔청춘 가녀린 처녀 몸으로 쉰 살 먹은 형방아전 손도에게 삼취 시집와서 십오 년 세월, 그만치 무지막지한 서방 밑에서 여태 안 죽고 살아 있는 것만도 용하단 말을 듣는다. 이제는 단련도 되었는지 누구도 못 맞추는 그 비위를 어지간하면 입안의 혀처럼 맞춰가며 사는데, 오늘따라 하필 소피보러 가서 눌러앉은 것은 고질이 된 변비증 탓이다.

아이구, 씨언허다.

좀 전에 변소 앞에서 그렇게 혼잣말을 하다 태철과 마주친 어미는 부끄러운 듯 눈길을 피하며 반웃음을 쳤다.

"근 열흘 볼일을 못 봐놓으이 똑 죽겠더라꼬. 기어이 빼냈드이 얼매나 씨언한 동…"

금세 사라지고 만 웃음일지언정 어미의 미소는 태철의 가슴속에서 이른 아침 햇귀처럼 붉고 따스한 기운을 퍼뜨렸다. 그 기운이 좋았나 보다. 아비의 성난 숨결이 대청마루 공기를 요란스레 뜰썩이는 느낌에 등골이 절로 오싹해졌는데도 태철은 평소처럼 잽싸게 사립 밖으로 내빼지 못했다.

기둥에서 마룻바닥으로 피가 뚝뚝 떨어졌다. 이번엔 코

피가 아니다. 어미의 이마가 찢겨져서 나온 피다.

태철은 아비의 망건을 겨냥하고 지팡이를 높이 쳐들었다. 때마침 아비가 어미를 뒤집어 바닥에 메다꽂고 아랫배를 타고 앉았다. 태철의 팔이 공중에서 머뭇거리다 미끄러지듯 아비의 등짝을 갈겼다. 힘이 실리진 않았으나 불의의 일격이었으므로 아비가 어미에게서 떨어지며 마룻바닥에 엉덩방아를 찧었다.

어이쿠.

아비가 믿기지 않는다는 눈으로 태철을 쳐다보았다. 아비에게서 놓여난 어미가 벌겋게 부어오른 뺨과 피떡이 진 이마 따위는 아무렇지 않다는 듯 벌떡 일어나더니 태철의 손에서 지팡이를 빼앗아 태철을 후려치기 시작했다.

"이 후레자석. 하늘 아래 자석이 지 몸 낳아준 아부지를 범하는 법은 없다. 그거는 나라님을 범하는 역적질하고 똑같은 죄다. 관아에 끌려가가 모가지를 짤리 죽을라꼬 작심을 했다나, 이놈아야."

태철이 어미 손에서 지팡이를 도로 빼앗으며 소리쳤다.

"어매가 나를 낳았지 우째 저 사람이 나를 낳았다 카노?"

어미가 마당에 퍼더버리고 앉았다.

"이 자석아. 아부지가 안 계시마 이 세상에 니가 있겠나?

콩 심은 데 콩 나고 팥 심은 데 팥 나지 밭이 다 무슨 상관이라? 어매는 기양 밭만 빌리준 헛껍디기다. 얼른 아부지 앞에 엎드리가 손이 발이 되도록 빌어라."

아비가 마루 끝에서 삿대질을 했다.

"빌고 자시고 간에, 우리 평해 손가孫家에는 부모 몰라보는 뻐꾹새를 자석새끼로 둔 역사가 없다. 긴 말 할 거 없고, 관아에 송사하로 가자. 똥정랑에 빠져 죽을 훼냥년이 어데 가서 역적 놈으 씨를 받아와가 내 집 쌀을 퍼 믹예 키왔단 말이제. 에미고 자석이고 똑같이 멧돌에다 갈아묵어도 시원찮을 연놈이라. 한꾼에 대역죄로 능지처참을 씨기뿌야 이 나라에 강상綱常이 바로 설 챔이라."

어미가, 그 비쩍 마른 몸피에 어찌 그런 힘이 숨어있었을까 싶게 강한 악력으로 태철의 팔목을 잡아끌어서는 아비 앞에 무릎을 꿇렸다. 섩을 삭히지 못하고 아비를 치긴 했어도, 태철 또한 송사니 역적 운운에 적잖이 기죽었다. 어미의 종주먹이 태철의 뒤통수를 찍어 눌렀다. 태철의 이마가 흙바닥에 찍혔다. 태철이 이맛살에 박힌 잔돌을 쓸어내니 손바닥에 핏방울이 묻어난다.

어미가 태철의 옆에 납작 엎드려 고개를 조아렸다.

"지가 아를 잘못 갈차갖꼬 이래 중한 죄를 짓게 됐니더.

다 지가 잘못 갈챈 죄이께네 지를 벌주시이소. 야는 누가 머라 캐도 우리 평해 손가 막뛰이니더. 막뛰이로 태어나가 부모한테고 동기간한테고 고임 한 번 지대로 못 받고…"

"고임? 지랄 염병에 까마구 소리를 내라, 훼냥년아. 에라이 더런 년, 퉤. 에라이 더런 년의 종자야, 크르렁, 퉤."

아비가 어미와 태철의 머리통에 번차례로 가래침을 뱉었다. 태철의 정수리에서 이마로 아비의 타액이 흘러내린다.

태철이 이를 악문다.

지독한 악취, 생선 썩는 내보다 더 지독한 악취.

이마에 뚫린 구멍으로 아비의 오물이 스며들어 제 싱그러운 피와 뒤섞이고 말 거라는 연상에 태철은 진저리쳤다. 정수리 쪽으로 열이 오르고 목덜미와 겨드랑이에 두드러기가 돋았다.

태철이 오만상을 찡그려 붙이고 일어나 아비에게 다가섰다.

"오죽잖은 인연, 여게서 고마 끝냅시더. 그짝도 나를 아들 대접 안 했지마는 나 역시도 그짝을 아부지라꼬 생각한 적 없소. 내가 사람 새끼로 났지 사람 잡는 멧돼지 새끼로 났나 어데. 평해 손가? 나도 싫소. 나도 오늘부터 손가 안 할 끼라요. 퉤!"

태철이 뱉은 침이 아비의 콧잔등에 내려앉았다. 눈이 휘둥그레진 채 말을 잊은 어미를 향해 태철이 두 번 절하고 한 번 읍한다.

"살아서 어매를 또 볼 수 있을까 싶구마요. 나는 사람으로 나가 사람대접 못 받고 똥개 한 마리 금도 안 되그러 살 값에는 애지녁에 칵 죽어삐는 기 낫다고 생각하는 천하 불효자가 돼갖꼬, 어매한테 오래 사시란 말씀은 차마 못 드림시더. 다만 이만침 키와주신 은혜를 못 갚고 이래 영이별을 할 챔이라, 그기 참말 미안하이더."

태철은 그길로 손도의 집 사립짝을 벗어났다. 입은 옷 말고는 아무것도 지니지 않은 채. 신록이 몽실몽실 드리운 태봉산을 잠깐 바라보았을 뿐, 집 쪽은 돌아보지 않고 뛰다시피 걸었다.

덧정 없다. 공연히 얼쩡거리다 악에 받친 손도에게 뒤통수를 얻어맞을까, 관가에 끌려가 주리를 틀릴까, 겁이 나기도 한다. 팔은 호기롭게 흔들리지만, 종아리는 후들거리고, 마음은 갈피를 잡지 못한다. 아비 손아귀에 쥐어 꼼짝을 못할망정 하나뿐인 아들에게는 있는 정성, 없는 정성을 다했던 어미. 그 어미의 눈물겨운 수발 없이 어찌 살아갈 것인지 태철에게는 아무런 대책이 없다. 시집가거나 외임外任 가서 집 떠난 이복형제들은 개중 제일 어린 축이 태철의 어미 연배이어서 애당초 태철과는 말 한마디 정답게 나눈 기억이 없다.

어디로 갈거나. 당장 오늘 밤은 어느 지붕 아래서 묵을 것이며, 무엇으로 배를 채울 것인가.

그런 생각을 하자 좀 전에는 땀범벅을 만들었던 초여름 더위가 별안간 싸늘해진 듯하고, 아침 든든히 먹고 한나절밖에 지나지 않은 뱃구레도 깊이를 알 수 없는 동굴처럼 꺼져 들어가는 듯하다. 태철은 어깨를 옹송그렸다.

어디로 갈 것인가.

집에서 멀어지는 쪽으로만 무작정 걷다 보니, 행로를 선택해야 할 때가 왔다. 갈림길이다. 산그늘 쪽으로 난 작은 길은 백암산白岩山으로 통하고, 지평선이 보이는 넓은 길은 원주로 통할 터. 백암산은 가깝지만 연고가 전혀 없는 곳. 원주는 멀지만 꿈에도 그리운 외가가 있는 곳.

태철의 마음은 원주 쪽으로 기운다.

태철은 개울물로 배를 채우고 세수를 하고 들메끈을 조인 후 길을 죈다. 그늘 한 점 없는 길바닥에 내리쬐는 햇발이 환하다.

소년과 갈매기

이 이야기도 승려 처경에게서 들었다. 처경은 속연俗緣 중 누군가 겪은 일이라고 눙쳤으나 제 얘기였다.

기유년(현종 10년)⁹ 평해 월송정
태철은 월송정越松亭 기둥에 곁뺨을 대고 가을 바다를 바라본다. 곰솔을 다듬어 만든 정자 기둥에선 아무리 맡아도 질리지 않는 향내가 난다. 향내는 검은 몸뚱어리에 푸른 머리를 한 소나무 숲에서도 번져 나와 태철의 콧속을 맑힌다. 이 짙은 향내 때문에 벌레도 없고 새들도 깃들지 않는 건가. 굳

_____
9 1669년

고 곧은 소나무만 자그마치 만 그루랬다. 끝없이 주름지는 바다와 미동도 하지 않는 소나무 사이에서 햇살을 받아 반짝이는 모래밭.

태철의 눈구석에 어린 물기가 시나브로 진주알만큼 불어서는 한순간에 주르륵 흘러내린다. 더러운 것을 보면 열이 오르고 두드러기가 돋는데, 아름다운 것을 보면 눈물이 흐른다.

군자가 뜻을 세운다는 십오 세.

그 십오 세에, 태철은 집을 나왔다. 물론 솔개처럼 큰 뜻은커녕 박새처럼 작은 뜻도 세운 바 없다. 딱히 갈 데가 없어 개중 무던하지 싶은 외가를 찾아갔고, 거기서 물고기 잡으며 이태를 흘려보냈다.

두 번째 출분出奔은 달라야 한다. 태철은, 앞으로 살아나가면서 이런 풍경을 잊지 않고 닮아가리라, 입지立志의 다짐을 거듭한다. 내 비록 몸은 저 바다처럼 작은 고통에도 끝없이 흔들리겠지만, 마음은 저 소나무처럼 오래도록 굳건할 터이며 저 흰 모래처럼 빛날 것이라.

몸은 시방도 흔들리고 있다. 허기진 배가 등가죽에 달라붙고, 마른 목구멍은 자꾸만 침을 삼키라 한다. 두 해 전에 그랬던 것처럼 다시금 정처를 모르겠는 제 처지가 서러워 태철은 눈물을 쏟는다.

소맷부리로 눈물을 닦았다. 언짢은 냄새가 훅, 끼친다. 태철은 콧잔등을 찌푸렸다.

비린내.

모든 아득한 것은 너무 아름다워 고통스러운데, 모든 가까이 있는 것은 비리고 더러워서 고통스럽다.

소매뿐만이 아니다. 태철은 발작적으로 제 몸 구석구석에 코를 갖다 댔다. 겨드랑에서도 배꼽에서도 비린내가 난다. 가랑이에서는 생선 썩는 구린내가 난다.

태철은 이제 눈물을 닦을 염도 없이 그저 운다.

원주에는 꿈에 그리던 외가가 없었다. 섬강을 끼고 도도록하던 기와집은 기와버섯이 듬성듬성한 데다 한쪽으로 기울어 무너지고 있었다. 어미와 똑 닮아 정겹던 외숙은 이마와 눈가뿐 아니라 마음에도 심술스러운 주름이 잔뜩 잡힌 듯했다.

어미가 어린 태철을 데리고 근친 갔을 적에는 쌀밥에 고깃국도 께적거린다고 걱정을 들었는데, 이번에는 굶는 날이 먹는 날보다 많았다. 아니 외가 식구들은 곡기 없이 물고기에 소금만 넣고 끓이더라도 요기는 했다. 비위 약한 태철만이 굶기를 밥 먹듯 했다.

태철을 처음 본, 외숙의 배젊은 후처는 옛이야기 속 강림도령을 만난 것처럼 감탄을 연발했다.

"사나이가 어째 이리도 말갛게 생겼을꼬. 이슬만 먹여 키웠다니? 원, 통째로 씹어 먹어도 비린내가 안 날 거 같네."

외숙모는 서방 눈치를 보아가며 남몰래 뒤란으로 태철을 불러내 누룽지나 부침개, 개떡 등속을 쥐여주곤 했다. 태철의 살갗과 불두덩을 슬쩍 더듬는 일도 잦았다.

결국 태철을 쫓아낸 사람은 외숙이었다. 태철이 이만큼 자라는 동안, 역병으로 첫 아내와 아들딸을 다 잃고 홀로 살아남은 외숙은 후처가 데리고 온 아들에게도 강퍅히 굴었지만 태철에게도 매사에 마뜩찮은 티를 냈다. 태철이 처음 타본 고깃배에서도 그랬다. 태철이 비린내를 참지 못하고 뱃전에 엎드려 토사물을 쏟아놓자, 외숙은 혀를 차고 강물에 가래침을 뱉었다.

"사나이 비위가 그래 약해서 천지에 어디 써먹을 데가 있겠나. 하기는 지 어미 젖도 비리다고 안 빨아먹던 새끼니 할 말은 없다마는. 니 어미도 참, 서방 복 없는 년 자식 복 바라지 말라는 옛말 그대로일세. 제 속으로 낳은 새끼라고는 딸도 없고 저것 하나뿐인 게 불알은 두 개 달렸는지 원."

그래도 밥값은 해야 했기에 태철은 외숙을 따라 이태나

고깃배를 탔다. 끼니때를 맞으면 외숙은 갑판에서 날생선을 손질해 된장에 찍어 먹었고 태철은 소금에 절인 꽁보리밥을 먹었다. 너무 깔깔하여 목구멍으로 넘어가지 않으면 침으로 삭히다시피 하여 억지로 삼켰다.

"뱃놈이 물고기를 못 먹으면 뱃놈이 아니지. 암, 그건 뱃놈도 아니지만 무엇보다 양심이 없는 놈이야. 저는 안 처먹는 고기를 남한테 돈 받고 판다? 양심이 없는 거지. 참말로 내가 살다 살다 별 꼬라지를 다 보는구먼. 고마 대가리 깎고 중이나 돼라."

외숙이 그런 식으로 이기죽대지 않는 날이 없었으니 사달은 언제 나도 날 참이었다. 그제 저녁, 외숙모는 태철이 며칠째 굶다시피 했다면서 녹두죽을 끓여준다고 오두방정을 떨었다. 외숙은 하늘 같은 서방이나 제 배 아파 낳은 아들자식보다 태철을 더 섬기는 외숙모가 눈꼴사나웠다. 녹두는 쉬익지 않았고 외숙은 허기가 졌다. 결국 녹두죽에 아낌없이 두른 들기름 냄새에 외숙의 부아가 뒤집히고 말았다. 외숙은 외숙모가 아궁이에 넣고 쑤시던 부지깽이를 빼앗아 불문곡직하고 외숙모부터 후려쳤다. 태철은 부지깽이가 자기 쪽으로 향하기 전에 입은 옷 그대로 줄행랑을 놓았다.

어찌하여 발길이 평해로 향했을까. 부모가 보고파서 혹

은 고향이 그리워서는 결단코 아닌데?

흰 갈매기들이 떼 지어 어딘가 아득한 곳을 향하여 날아간다. 아득하고 아득하여 닿지 못하는 곳, 한 번도 가보지 않았으나 그리움에 겨워 제풀에 눈시울이 뜨거워지는 곳, 천지간 한 점 티 없이 희디흴 그곳. 그림자조차 검지 않고 푸릇한 정기처럼 어릴 그곳.

나는 여기 사람이 아니야. 여기 사람이면 비리고 더러운 걸 이만치 싫어할 리 없지. 부모며 일가친척과 생김새, 식성이 이리도 깡그리 딴판일 리 없지. 나는 저 흰 새처럼 알에서 났을지 몰라. 어느 고귀한 여인이 알을 낳곤 놀라서 손도 집에 버렸을지도. 알에서 난 자가 인간 세상에서 인간으로 살 수 있을까?

그런저런 상념이 가소로워 태철은 웃음을 깨물었다. 가지런한 눈썹 끄트머리가 아래로 처지고 박씨를 까 세운 듯 희고 고른 잇바디가 드러난다.

못 먹고 못 입고 괄시받았음에도, 외가에서 보낸 두 해 동안, 태철은 키가 훌쩍 자라고 근육이 붙었다. 어미의 치마폭에 싸여 있을 때와는 급이 다른 견딜성과 강단도 길렀다.

그래. 우선은 백암산 온천 고을로 가서 목욕을 하고 빨래를 할 일이다. 이 비린내에서 벗어난 다음에야 머릿속도 개

운해져 무슨 결정이건 내릴 수 있을 터. 까짓, 정히 갈 데 없
으면 온천물에 코 박고 죽지.

방랑객과 미인

이 이야기도 승려 처경에게서 들었다. 그는 내가 사리 분별에 밝으니 자기 얘기를 곡해하지 않을 것이라 했다. 또한 내가 이 세상에 오직 그와 나, 둘만 존재하는 것처럼 오롯이 그에게로 기울여 듣는 귀가 있다고 했다. 대중은 그를 생불이라 추앙하면서도 씨알머리없이 굴거나 군말이 많거나 엉뚱하게 들었다. 사정이 그런 고로, 그는 대중 앞에서 결코 할 수 없거나 하지 않는 얘기를 나에게 하곤 했다.

경술년(현종 11년)[10] 양주 도봉산 일대

---

10 1670년

태철은 여우의 둔갑술에 놀아난 듯 얼떨떨하다.

이 축축하고 뻐근한 아랫도리는 뭐지? 꽃 썩은 물에서 날 듯한 이 비린내는? 혼몽 중에 어뜩 본 꽈리 모양 입술은? 꿀 참외 맛으로 남은 입맞춤의 잔상은?

끝내 잠을 떨쳐내지 못하는 방랑객을 화사花蛇처럼 옥죄고 물고 빨던 그 미인은 무덤에서 튀어나온 귀신일까, 꿈속 사람일까, 그도 저도 아니면 지나가던 생사람일까?

태철은 제 몸에 일어난 일을 가만가만 톺아본다.

지난밤, 해 떨어진 봉분 아래, 완전히 지친 몸으로 나가떨어진 건 확실히 기억나. 그러곤 달밤인지 어둑새벽인지 희붐한 빛을 느끼며 눈을 뜨긴 떴는데 꿈속에서 뜬 건지 진짜 뜬 건지는 모르겠어. 한 미인이 내 아랫도리를 주무르다 내가 눈을 뜨자 그 꽈리 입술로 내 눈을 도로 감기곤 콧등과 인중을 훑다가 입을 맞추었어. 입만 맞춘 게 아니라 제 몸으로 내 몸을 찰찰 감싸안았어. 독 오른 뱀에게 옥죄이는 메추라기처럼 나는 꼼짝하지 못했지. 겁이 나기도 했던 것 같아. 하지만 나는 눈을 뜨지 않았어. 어차피 꿈일 테니까. 원래 꿈에선 별 신기로운 일이 다 일어나는 법이니까. 미인에게 몸을 내맡기고 나는 또 까무룩 잠의 낭떠러지로 떨어졌지. 그런데 말이야. 어둑새벽에 여인과 운우지정雲雨之情을 나누는 꿈은 하도 많이 꾸어 새롭지 않은데, 이번 것은 도무지 꿈 같지 않아···. 더구나 이 달콤하고도 비릿한 향내는 내 숱한 몽정夢精의 뒤끝과도 사뭇 다른걸?

해포 전 월송정에서 제 몸의 비린내가 서러워 울던 소년은 이제 없다. 온천 고을 머슴살이가 태철의 십수 년 인생에 찌든 비린내를 싹 씻어주었기에.

서방도 아들도 없는 여주인은 태철을 친아들처럼 귀애했다. 말만 머슴살이지 심간 편한 세월이었다. 나무하고 불 때고 쓰레질하는 신역이 때로 고되지 않은 건 아니었으되, 평해 본가나 후리포 외가에서 눈칫밥 먹으며 온갖 더러운 꼴과 비린내 나는 음식을 참아내던 때와는 비교할 수도 없다. 아비 닮은 웬 아전 떨거지가 비역질을 시도하지만 않았어도 태철은 여주인이 중신해주는 처자와 혼인하여 그 집 행랑살이로 눌러앉았을지 모른다. 여주인은 태철의 출분 의사에 몹시 서운해하며 태철의 바랑에 당초 약조한 세경보다 곱절 많은 엽전을 넣어주었다.

부러 큰길 마다하고 샛길 따라가다 벼랑 만나면 돌아가고 계곡 만나면 쉬어가는 유랑 길. 날이 밝을 땐 걷고 어두워지면 누웠다. 가진 옷을 모두 꺼내어 겹쳐 입고 바랑을 베면 풍찬노숙도 두렵지 않다. 한낮의 작렬하는 햇볕에도 찬

이슬에 젖는 한뎃잠에도 상하지 않고 물것을 타지도 않는 살성이라 여름 유산객遊山客으로 거칠 것이 바이없는 태철이다. 머루, 으름, 오디, 매실, 산딸기 따위 열매는 태철의 입맛에 딱 맞게 비리지도 더럽지도 않다. 도중에 암자나 굿당을 만나면 떡이나 두부, 감주 같은 귀한 먹거리를 얻기도 한다. 이대로 날이 추워져 유랑이 힘들고 지겹다 싶으면 머리를 깎고 절집에 의탁할 요량이다. 언제가 될지 몰라도 그때까지는 무작정 걸어볼 작정인데….

어젯밤에는 무덤 망주석 뒤에 자리를 깔았다. 바닥이 평평하고 벌초가 잘돼 있고 망주석이 가려주는 자리라면 더 바랄 게 없다. 그때까지만 하더라도 노곤한 영혼은 귀신 따위를 보지 않는 줄 알았으니.

그러나… 귀신이었음 어떻고 여우였음 어떠랴. 잘 잤으면 된 거지.

태철은 행여 망주석 근처에 귀신이나 여우의 자취가 있을까 싶어 두리번거리다 말고 일어섰다. 바랑을 짊어지고 패랭이를 고쳐 쓴다. 그리고 걷는다. 다만 걷는다.

매부와 처남

이 이야기는 홍예형에게서 들었다. 그때 이미 내외 사이가 돌이킬 수 없이 틀어져 있었으나, 예형은 견의 대솔하인帶率下人을 구워삶아 두었기에 견의 일거수일투족을 제 손바닥의 손금 보듯 꿰고 있었다.

같은 해, 개성 대흥산 허견의 산채

목검을 짚고 바위너설 위에 올라선 견. 입꼬리가 쓱 올라간다. 위로는 장마철 하늘이 오랜만에 뻥 뚫렸고, 아래로는 만송의 무리가 검술 훈련을 하며 내지르는 기합 소리가 장하다.

산채에서 엿새째 사병들과 숙식을 함께해온, 첫날 접질려 퉁퉁 부어오른 발목이 아픈 줄도 모르는, 밤마다 말술을 부어라 마셔라 하는데도 숙취가 없는, 또렷또렷한 이목구비에 귀 모양이 별스럽게도 어여쁜 궁도련님. 산바람에 거푸 찰랑거리는 금귀고리. 그의 속눈썹 그늘에 뿌듯한 기운이 운무인 듯 서려 있다.

만송이 해서海西에서 끌어모은 스무 살 안팎의 사병들은 자기네를 사람대접하는 견을 지체肢體처럼 사랑하고 상제上帝처럼 우러른다. 무당이나 광대나 갖바치나 갈보나 땡추 소생인 그들에게 정승의 외아들이지만 천출賤出의 한을 품은 견은 하늘이 내린 미인, 용마를 타고 온 아기장수.

견의 눈썹이 위아래로 꿈틀거린다.

저 높은 하늘과 저 단단한 땅 사이에 내가 있고 저들이 있다. 항차 저들이 내 명치뼈 켜켜이 쉬슬 듯 박힌 이 설움과 분통의 알갱이를 씻어주리라.

마음 같아선 저 울울창창한 나무들 위를 성큼성큼 걸어 단숨에 도성 문을 넘어설 것 같다. 세상을 뒤엎고 임금을 바꿀 수 있을 것 같다. 새 임금에게서 병조판서를 제수받고도 정중히 사양하고 율도국을 세우러 떠나는 당당한 영웅의 모습이 가슴 벅차게 떠오른다. 유년 시절 내내 그를 사로잡았던 축지법과 둔갑술, 분신술이 다시금 뜨거운 갈망으로 되살아난다. 고금에 다시없을 역도逆徒 허균이 지은《홍길동전》. 나라와 아비가 엄금하는 불온서적이지만, 나라와 아비를 증오하는 견에게는 성스러운 책. 견은 허균이 양천 허씨 한성바지로 하늘 아래 가장 서러운 얼자인 견, 바로 저를 위하여 《홍길동전》을 썼다고 믿는다.

생각의 꼬리가 아내 홍 씨에게 이른다. 첫 아내 강 씨와 사별한 그가 수많은 명문가의 서녀들, 심지어 어지간한 반가의 적녀까지도 마다하고 무관 아비마저 죽고 없는 홍예형을 재취한 까닭이 무엇이었나. 그녀가 홍가라는 사실. 아리따운 홍가 낭자가 있다는 얘기에 홍길동을 떠올리곤 그만 확 넘어가 버렸다. 부모가 반대하는 혼사를, 당자가 닭고집을 부려 기어코 성사한 것이다.

후회막급. 억세고 괄괄한 계집이 시부모를 이겨 먹는 것은 물론이요, 서방에게도 눈만 마주치면 암상을 낸다. 그 아비 전前 병마절도사兵馬節度使 홍순민이 천적賤籍에서 지워주지 않은 첩 소생으로 그녀 또한 종의 명부에 등재되어 있다는 사실을, 쥐새끼 같은 처숙妻叔 홍양민은 감쪽같이 속였더랬다. 영의정 집 떡고물 핥아먹으려 기웃거리는 처숙이야 일찌감치 사람 취급을 하지 않으니 그렇다 치고 천한 몸으로 영의정의 외며느리, 교서관 정자正字의 내실 자리를 꿰차고도 쥐 죽은 듯 엎드리기는커녕 견이 소리를 지르면 더 큰 소리를 내고 견이 때리면 암살쾡이로 돌변하여 물어뜯는 계집을 어이할 것인가.

꼴값도 유분수지, 본 데 없는 년. 시집온 지 햇수로 사 년이 지났건만 포태胞胎 한 번을 못 한 돌계집 주제에 감히 서방 오입질을 나무라? 강 씨는 딸 하나를 낳고도 아들 못 낳은 죄인으로 자책하며 늘 굽죄이지 않았나. 에이, 물건이라야 갖다버리기도 쉬울 텐데.

견이 눈살을 찌푸린다.

어찌 됐거나 중인환시 속에 육례 갖춰 맞아들인 계집을 내쫓으려니 이것도 걸리고 저것도 켕긴다. 안 그래도 견堅을 두고, 일견一見을 해도 개견槪見을 해도 개견犬 자라는 둥 백인百人이 불여일견不如一犬이라는 둥 허구한 말을 만들어내는 세간에 찔고 까불 건수를 손수 만들어 던져주는 꼴이 될 게 불 보듯 빤하다. 집안에서도 그래서들 빼도 박도 못 하고 쉬쉬하는 형편인데, 계집은 날이 갈수록 더 큰 체를 하고 기가 살아 설쳐댄다. 온 세상이 굽실거리는 재상 시아버지 앞에서도 겁 없이 나대는 꼬락서니라니.

에이, 칠푼이 같은 년.

견이 예형을 털어내려는 듯 머리를 흔든다.

만송의 구령에 맞추어 사병들이 일제히 목검을 내려놓

는다. 제법 소슬한 바람이 부는 초가을 산중이나, 사병들의 몸은 땀으로 흠뻑 젖어있다.

만송이 웃음기를 띠고 견이 서 있는 바위 아래로 달려왔다. 그는 전처 강 씨의 막냇동생으로 혼인날부터 견을 따르더니 지금껏 견을 친형처럼 붙좇는다.

"형님. 사내가 밥과 술만 먹고 어찌 사오?"

괜스레 실실거린 연유가 이것이렷다.

"허허. 그야 아랫도리도 먹여야 하네만, 이 첩첩산중에서 계집을 구할 방도가 있을까?"

만송이 왼손으로 가재수염을 배배 꼬며 너털거린다.

"눈치만 빠르면 절간에서도 새우젓을 얻어먹는답니다."

"준치젓도 물리는데, 새우젓 따위야?"

"형님도 참, 말귀를 못 알아들으시오."

"허허, 무슨 말을 하려고 이리 뜸을 들이나?"

"저 봉우리를 넘으면 작은 절 한 채가 있다오."

"그런데?"

"그런데라니? 총명하고 인물 좋기로 조선 땅에서 둘째가라면 서러울 우리 형님이 눈치는 어째 곰 발바닥이시오?"

"아, 이 사람아. 말을 해야 알지. 뜸 그만 들이고 어서 말을 하게."

"거기 암중들만 오글오글 모여있다 하지 않소?"

견이 목검을 다른 손에 옮겨 잡으며 입을 다신다.

"암중이라 하면 비구니?"

견의 눈동자에서 운무가 싹 걷힌다. 아연 활기를 띤 눈동자가 쌀가마니를 발견한 생쥐의 그것처럼 반들거렸다.

"아, 기생년, 백정년, 무당년, 종년, 물리도록 먹어보았지만 암중 맛은 못 보았지 않소? 이런 산속에서 풀만 먹으면서 불도를 닦는 계집이라니 그 맛이 과시 특별하리다."

"고기 물린 입에는 나물 반찬이 산뜻하지. 그네들도 사내의 가운뎃다리 고기 맛이 그리울 게야. 달리 생각하면 그네들이 장땡을 잡은 셈일세. 사내치고 우리보다 나은 인물이 어디 흔한가? 이왕 먹을 고기, 쭈글쭈글 냄새나는 늙정이들 것보다야 우리처럼 훤칠한 젊은이들 것이 맛나지. 암, 맛나고말고. 말이야 바른 대로 말이지, 계집이 불도를 닦아 무엇에 쓴단 말인가? 제가 아무리 중입네 하고 날마다 삼천 배를 올린다 한들 단 하루라도 계집 허물 벗고 사내가 될 수 있다던가? 하늘이 사람을 낼 때 계집의 도는 사내를 섬기는 것이라 지어놓았거늘."

"눈치는 곰 발바닥이신 분이 말씀은 기름 바른 절편같이 반드르르 잘도 하십니다그려."

"나야 괜찮으나 다들 몸을 많이 써서 시장할 텐데, 밥은 먹고 가야지?"

"사내들 털 난 손으로 대충 끓인 밥은 이제 지겹소. 오늘부터 저녁밥은 대어놓고 저 절에서 먹읍시다. 꿩 먹고 알 먹고, 임도 보고 뽕도 따고, 좋지 않소?"

"그러세. 쌀 몇 섬 시주하면 그네들도 좋아할 거네. 하는 김에 돼지도 몇 마리 시주할까?"

견과 만송을 둘러싼 무리가 제가끔 구린 입 지린 입을 떼어 말마디를 거든다.

"돼지는 질렸소이다. 사슴이나 노루는 어떻소이까?"

"네발 달린 짐승만 가하리까? 닭이나 꿩도 좋을 것 같소마는?"

"물짐승은 안 하고?"

"아, 고기는 그만하오. 사내 고기가 떼거리로 몰려가거늘 무슨 놈의 고기 타령이 그리 기오?"

갈바람에 땀이 식으면서 한기가 든 사내들이 접어 올렸던 소매들을 풀어 내렸다. 고릿적 산성의 수백 년 묵은 나무들이 제 긴 그림자와 더불어 흔들린다. 단풍이 막 들기 시작하여 나뭇잎들이 누르락푸르락하다. 새 떼가 날자, 마른 잎들이 우수수 떨어진다.

샛째

사미와 비구

이 이야기는 승려 처경에게서 먼저 들었고, 나중에 원정에게서
도 들었다. 원정은 내가 이미 일의 대강을 아는 줄 모르고 세상
없는 비밀이라도 털어놓는 양 덧문을 닫고 목소리를 낮추었다.

계축년(현종 14년)[11] 양주 소요산 문수사
태철이 집게손가락을 세 번 튕기고, 나지막이 게송을 읊는다.
　"버리고 또 버리니 사는 동안 기약일세. 탐, 진, 치 다 버리
니 목숨마저 있고 없고. 옴 하로다야 사바하. 옴 하로다야
사바하. 옴 하로다야 사바하."

---

11 1673년

끄응.

이를 악물고 힘을 주자, 며칠째 아랫배에 딴딴히 뭉쳐있던 대변이 그제야 덩어리져 떨어졌다. 시원한 변통便通을 위해 태철은 몇 번이나 더 이를 악문다. 변비로 적년신고積年辛苦하던 어미 생각이 잇새에 물려 신음은 사뭇 커진다. 입으로 먹은 것을 항문으로 내보내야 하는 육신. 머리를 밀면서 속세의 성명을 버리고 인연도 끊었으나, 똥 눌 때마다 어미 생각이 나는 것만은 어찌할 수 없다.

보드란 풀로 뒤를 닦고 물통의 물을 따라 손을 씻는다.

"비워서 가벼우니 채울 것이 가득하다. 꿈같은 이 세상, 바로 보기를 원합니다. 옴 하나마리제 사바하. 옴 하나마리제 사바하. 옴 하나마리제 사바하."

허리끈 매고 해우소 문을 열며 더듬더듬 신을 갈아 신자니, 사람 그림자와 인기척이 다가온다. 법랍 십오 년의 비구 원정이다.

태철이 피하는 눈길을 붙들다시피 하며 원정이 기어코 인사한다. 해우소 근방에서는 인사하지 말고 스리슬쩍 비켜 다녀야 한다고 배운 태철은 당황해서 어찌할 바를 몰랐다. 원정이 태철의 귀 어름에 입술을 갖다 대고 속삭였다.

"샘에서 잠시 기다리게."

원정은 키가 훌쩍하고 썩 듣기 좋은 목소리를 가진 젊은 비구다. 말본새도 여느 비구보다 점잖다. 모든 이에게 친절한 그는, 이제 겨우 행자를 면하고 사미계를 받은 태철에게도 한결같이 다정스럽다.

태철은 사하촌寺下村이 한눈에 내려다보이는 미나리꽝 옆 옹달샘에서 손을 씻었다. 어미 생각, 원정의 음성이 겹쳐 마음이 적이 소란스럽다. 태철은 손뿐 아니라 마음까지 씻고자 발원하며 세수진언을 외운다.

"활활 타는 저 불길, 끄는 것은 물이러니. 타는 눈, 타는 경계, 타는 이 마음, 맑고도 시원한 부처님 감로. 화택火宅을 여의는 오직 한 방편. 옴 주가라야 사바하. 옴 주가라야 사바하. 옴 주가라야 사바하."

목탁을 치는 듯 고른 발소리에 태철이 일어서 합장한다. 원정이 앉아 손을 씻는다.

"더러움 씻어내듯 번뇌도 씻어야 할 텐데? 이 마음 맑아지니 평화로움뿐인가? 한 티끌 더러움도 없는 극락정토가 이생을 살아가는 내 단 한 가지 소원인가? 진정으로?"

원정이 거예진언去穢眞言의 구절구절을 의문형으로 바꾸며 활짝 웃었다.

"문밖에서 들으니 버리려 힘쓰는 소리가 가히 장하더군."

"송구스럽습니다. 저도 모르게 그만…."

"그뿐인가? 덩어리 떨어지는 소리 또한 실로 장하다 아니할 수 없더군."

태철의 흰 뺨이 백일홍 꽃빛으로 물들었다.

원정이 태철의 어깨에 손을 얹는다.

"보라. 이 육체를 보라. 온갖 오물로 가득 찬 이 가죽 주머니를 보라. 이 병의 온상을, 온갖 번뇌 망상의 이 쓰레기 더미를. 그리고 이제 머지않아 썩어버릴 이 살덩어리를 보라. 이 육체는 마침내 부서지고야 만다. 병의 보금자리여, 타락의 뭉치여, 아아, 이 삶은 결국 죽음으로 이렇게 끝나고야 마는가."

원정이 읊은 《법구경》 구절은 그 내용과 무관하게 나지막한 음악 같다. 태철은 견디지 못하고 가느다랗게 한숨을 내쉬었다. 원정이 태철의 눈을 빤히 바라보았다.

"그렇다 하더라도 승려 처경의 육체가 참으로 아름다워 보이는 까닭은? 육신의 참혹한 진실을 꿰뚫는 혜안은 언제나 열리려나?"

귓불을 넘어 정수리까지 빨갛게 물든 태철이 눈을 내리깔았다.

"갓 피어난 한 송이 연꽃이런가. 해 뜨는 푸른 바다의 숨결이런가. 내 몸을 씻고 씻은 이 물마저도 유리계를 흐르는 푸른 물결 될지라. 옴 바아라 뇌가닥 사바하."

태철이 원정을 따라 세 번 염송했다.

옴 바아라 뇌가닥 사바하. 옴 바아라 뇌가닥 사바하. 옴 바아라 뇌가닥 사바하.

"하하. 내가 말이 너무 많았구먼. 지응智膺 큰스님께서는 팔 년째 묵언수행 중이시거늘."

"정말 팔 년 동안 한 말씀도 하지 않으셨습니까?"

태철이 진짜 궁금하다는 투로 묻자 원정이 고개를 끄덕였다.

"내가 목격한 바로는 그러하다네. 그래도 해우소에서 힘쓰는 소리는 더러 내셨겠지?"

태철의 볼이 또 화끈 달아오른다.

원정이 입술을 태철의 귓불에 갖다 댔다.

"오늘 저녁샛별이 뜨고 한 식경쯤 지나거들랑, 지응 스님 수도하시는 암굴로 가게나. 달이 없는 밤이니 요령껏 더듬어 찾아가게. 웬 미인이 기다릴 게야."

헉.

태철은 숨을 쉴 수 없다. 원정이 귓속말인데도 음성을 더 낮추었다.

"허 대감댁 자부께서 처경, 자네를 점찍었다네. 부처님 은 덕일세. 이번 기회에 대지와 화합하는 기쁨이 진정 어떤 것인지 누려보시게."

태철이 놀란 토끼 벼랑바위 처다보듯 눈만 껌벅거리자, 원정이 웃으며 한쪽 눈을 찡긋했다.

"부인이 생산을 못 하여 쫓겨나게 생겼다니 그 아니 가여운가. 여태껏은 내가 육보시를 했네만 포태가 되질 않았다네. 진인사대천명盡人事待天命, 내 씨앗이 부인 몸에서 싹트질 못하니 씨앗을 바꿔보는 노력이라도 해야 사람이 할 수 있는 만큼은 다 했다고 하늘에 고할 수 있지 않겠나. 부인께서 자네를 보시고는…."

태철이 고개를 저으며 귀를 막는 시늉을 했다.

"제가 본디 귀가 어두워… 무슨 말씀을 하시는지 도통…."

원정이 아랑곳하지 않고 말을 이었다.

"허허, 이 사람. 허 대감댁 권세면 우리 절 같은 말사末寺하나쯤 내일 당장 도륙을 낼 수도 있거니."

태철이 말려 들어오는 기색을 보이자 원정이 명토를 박는다.

"대감댁 권세도 권세지만, 부인을, 어휴, 보통 여인으로 여겼다간 큰코다친다네. 언젠가 내가 부인에게 손목을 딱 잡했는데, 아무리 용을 써도 뺄 수가 없더라니까. 힘이 어찌나 세고 싸움을 잘하는지 사내로 태어났으면 대장군이 되고도 남았을걸세. 여하튼지 부인께서 이르시길 부처님 가피로 혹 자식을 얻더라도 마음속으로 어떤 한 승려의 얼굴을 떠올리게 되면 심히 괴로울 터이니 차라리 누가 누구인지 모르는 편이 좋을 거라고도 하시더군. 그럴 법한 말씀이 아닌가?"

그 말인즉슨 부인이 원정과 태철을 동시에 샛서방으로 거느리겠다는?

원정이 준 충격의 무게가 훨씬 가벼워진 것도 같고 왠지 맥이 탁 풀리는 듯도 하여 태철이 제풀에 귀 막은 손을 내려놓았다.

"중생의 괴로움을 덜어주는 것이 우리 사문沙門의 도리임을 명심하게. 무엇이 진정한 자비심인지도."

그러게. 무엇이 진정한 자비심인가?

"왜 하필 지응 큰스님 계신 암굴이오?"

"도력道力이 뻗친 곳이라 밤말 듣는 쥐가 없거든. 스님께서는 끝내 묵언이시고. 너무 오래 말을 금하셔서 이제는 말하는 법을 잊어버리신 것 같다네. 달리 생각하면, 자네의 자비행이 우리 큰스님의 수행에 새로운 경지를 더해드릴 수도

있을걸세. 나는 무엇이든 늘 좋은 쪽으로 생각하지. 나무아
미타불 관세음보살."

원정의 음성과 발소리가 함께 멀어져갔다.

태철은 오랫동안 걸음을 떼지 못했다.

동그마니 솟구쳤다 골짜기를 향해 내리뻗는 샘물. 저 물
은 언제부터 흘렀으며 언제까지 흐를 것인가.

허 대감댁 자부. 콧대가 날렵하고 인중이 유달리 오목하
며 입술이 꽈리처럼 도톰한, 언젠가 꿈에서 본 듯 낯익은 미
인. 그끄저께 법당에서 그녀의 광채 도는 눈동자와 마주쳤
을 때 처경은 행여 제 흔들리는 마음을 들킬세라 벼락같이
고개를 숙였지만, 아랫도리는 눈치 없이 성을 냈더랬다.

어쩌면 그 미인, 그 꿰뚫어 보는 듯한 눈빛으로 승복 아래
곤두선 이놈의 양물을 봤을지 몰라.

승려와 여종

이 이야기는 자련 보살에게서 들었다. 자련 보살은 처경 스님을 처음 만난 이날, 산 것도 죽은 것도 아닌 채로 저승 문턱에 걸쳐 있던 한 등신等身이 살아계신 부처님의 은택을 입어 새 삶을 얻었다고 진심으로 믿었다.

갑인년(현종 15년)[12] 한양 복녕군의 집
늙수그레한 여인이 태철을 기다리고 섰다. 땀으로 촉촉근하니 젖었으나 흐트러지지 않은 입성, 굳은살이 둥그렇게 박인 집게손가락이 눈에 띄는 여인이었다. 여인은 솟을대

---

12 1674년

문 양방으로 늘어선 줄행랑은 거들떠보지 않고 요리조리 온갖 문턱을 넘더니 방앗간 옆 샛문으로 빠져나와 한 외진 오두막으로 태철을 안내했다.

여인이 툇마루 앞에서 눈길을 방 안에 두고는 태철에게 말했다.

"이 댁에선 아랫것이 병들면 이곳에 독처獨處하게 합지요. 저 안에 있는 것은 애숙이라는 천것입니다. 천것 팔자야 거기서 거기지만, 그래도 그렇지요, 저만치 더럽기는⋯."

여인이 체머리를 흔들다 혼잣말처럼 쭝덜거린다.

"아이고, 무어 좋을 게 있다고 사람으로 태어났던고. 사람으로 날 바에야 천것으론 나지 말 일이지. 기어이 천것으로 날 바에야 계집으론 나지 말 일이지."

여인이 태철을 흘낏 돌아보고는 목소리를 높였다.

"아직 젊은것이 거듭거듭 흉사를 당하고는, 하늘 아래 마음 붙일 데가 하나 없으니, 아마도 그 탓이겠지요. 결국 이 한여름에 밤낮으로 덜덜 떨면서 혼몽에서 깨어나지 못하고 눈을 번연히 뜨고도 보지 못하는 산송장 꼬락서니랍니다."

"불각시에 눈뜬장님이 되었다는 말씀입니까? 세상에 그런 일이 다 있습니까?"

"의원도 이런 경우는 처음 보았다고 합디다. 보기야 처음 보아도 의서에 없는 사례는 아니라고 하면서, 불각시에 된 청맹은 불각시에 회복될 수도 있다고 하더군요. 약으로 될 일은 아니고 마음 상한 데를 낫우면 혹간…. 에그, 스님을 세워놓고 이 늙으데기가 군말이 길었군요."

여인이 눈썹을 찌푸린 채 꿀꺽 침을 삼키고 발부리를 돌렸다.

"시원한 화채라도 한 사발 내어올 참이니 스님은 들어가셔서 저 불쌍한 중생을 위해 독경이라도 하여주시구려."

태철이 합장하자 여인이 총총 멀어져갔다.

태철은 선 채로 여인을 기다리기로 했다. 그편이 안전하다. 여자들은 태철을 스님이라 부르면서도 태철이 사내임을 결코 잊지 않는다. 태철은 그들 앞에 사내 이전에 승려 처경으로 서고자 극도로 행신을 조심한다. 그러나 그 조심성이 여자들의 경계심을 녹인다. 여자들은 대체로 처경 스님의 드문 조심성에 감복하고 그 조심성의 광휘에 가려진 수줍은 사내다움을 귀여워했다. 특히나 홍예형은. 그 뜨겁고 촉촉한 꽈리 입술은.

태철은 불현듯 꽈리 입술에 불두덩을 깨물린 사람처럼 몸서리를 쳤다. 여자야 무수히 겪었으나, 홍예형 같은 여자는 없었다. 한 여자이면서 여러 여자. 아비의 사랑에 목마른 어린 딸, 말 타고 국경을 누비는 오랑캐 처자, 남편한테 미움받고 시집에서 따돌림당하는 아내, 포태 한 번 못 해본 돌계집, 백두산 낭떠러지에 핀 한 송이 양귀비면서 눈밭을 헤매는 굶주린 살쾡이.

예형은 태철을 위해 문수사 옆에 독립 암자 한 채를 지어주고는 기자嘶子를 핑계로 뻔질나게 들락거렸다. 그녀는 태철이라는 신통방통한 젊은 중을 혼자 가지려 하지 않고, 장안의 여론을 좌우하는 명문가의 내실內室, 궁인 들에게 줄을 대고자 태철을 이용했다. 자식도 없고 사랑도 못 받는 여자가 어찌 살아남겠는가. 세간의 입방아를 제 편으로 돌리는 길뿐이었다. 뭇사람의 입길은 쇠도 녹인댔다. 시아버지와 남편에게 맞서 그녀가 내세울 수 있는 무기는 오직 그것이었다.

처음에는 예형을 거쳐 처경 스님을 찾은 여자들이, 나중에는 제 발로들 다녔다. 원인 모르는 병을 앓던 뭇여자들이 처경의 기도로 치유와 회복의 이적異蹟을 경험하곤 했다. 승려 처경의 명성은 마음을 상한 여자들 사이에서 조용히 높아져 갔다.

복선군의 처 조 씨는 예형을 통했다. 몸종 애숙 때문에 골

머리를 앓던 끝에 내린 결심이었다. 조 씨는, 남편의 외종 오시수가 다른 여종도 아니고 제 친정서 데려온 교전비轎前婢 애숙을 욕보였다는 사실을 일찌감치 눈치채고서도 꿋꿋이 모르쇠를 잡았다. 알고 있다고 인정하는 순간, 애숙을 꽁꽁 묶어 시수의 집 문간에 던져넣고 한바탕 욕설을 퍼부어주지 않고서는 그 끔찍한 수치심과 모욕감에서 못 벗어날 것 같았다. 조 씨는 동갑으로 나서 함께 자라 친정붙이나 다름없는 애숙을 깊이 연민했기에 전후 사정이야 어찌 됐든 끝까지 알은체하지 않으려고 단단히 마음먹은 바였다. 근래 남편이 허 정승의 외아들과 어울려 평안도, 황해도로 돌아치느라 코빼기를 비치지 않아 조 씨는 오히려 심간 편하다 싶었더랬다. 애숙이 눈에 띄게 배가 불러 다닐 때도 비부婢夫 순둥의 아이려니 무심히 보아 넘겼다. 그동안 여러 번 포태한 적은 있어도 유산이 되거나 죽은 아기를 낳거나 했기에 이번에도 그러려니 했다. 그런데 지난달 초이틀, 애숙이 떡두꺼비처럼 튼실한 아들 쌍둥이를 낳았다. 난산이긴 했으나 산모도 아이들도 무탈하여 미역과 기저귓감을 넉넉히 내려주었다. 그랬는데 순둥이 아이들을 눌러 죽이고는 스스로도 목을 매어버렸다. 죽기 전 술이 곤드레만드레하여, 뉘 새낀지 알 게 무엇이냐, 라고도 하고, 종놈의 새끼는 안 태어

나는 것이 젤 좋고 태어나더라도 빨리 죽는 게 버금으로 좋으며 오래 사는 것이 가장 욕되다, 라고 했다는 순둥의 말이 온 집안에 퍼져 있었다.

애숙은 졸지에 자식을 둘씩이나 잡아먹고 서방까지 잡아먹은 요물이 되었다. 요물은 요물이되 너무 딱하고 애처로운 요물이었다. 애숙은 넋을 놓았고 아무것도 먹지 않았고 눈을 뜨고도 보지 못했다. 그때껏 애숙을 밉보던 아랫것들이 애숙을 동정하고 상전을 원망하기 시작했다. 집안이 들썩거렸다. 조 씨는 은혜와 위엄을 동시에 보이며 아랫것들을 장악할 필요를 느꼈다. 그러려면 우선 애숙을 살려 줄초상을 막되 애숙을 먼 데로 치워야 했다. 이런 어려운 일을 누가 해줄 것인가. 조 씨는 말 섞을 사람 축에 넣지 않았던 예형에게 도움을 청할 수밖에 없었다.

조 씨가 침모에게 태철의 생김새와 언행을 캐묻고는 수박화채와 삼색 경단을 얹은 소반을 내주었다.

침모는, 땡볕에 벌게져서 서 있는 태철을 보고 걸음을 재촉하였다.

"아이고, 스님. 마루에라도 올라가 계실 것이지 이 염천에 이 늙으데기 하나를 바라고 서 계시면 제가 송구스러워서 어떡합니까? 얼른 들어가시지요."

"소승은 뒤따르겠습니다. 우바니께서 먼저 들어가시지요."

뒤꼍 대숲이 잇닿아 있어 그런지, 방 안은 땡볕 내리쬐는 바깥에 비해 기이할 정도로 서늘하다. 태철은 어둠에 익지 않은 눈으로 방 안 풍경을 더듬거렸다. 버들고리짝, 횃대 등속의 소박한 기물들이 방 안의 어둠과 한통속으로 컴컴하다.

태철은 중생의 기운에 감응코자 잠시 눈을 감았다. 무덤 속 같은 한기가 파고든 팔뚝에 소름이 와르르 일어났다.

태철이 눈을 떴다. 방 안은 여전히 어두운데, 오직 한 곳에서 어둑새벽 같은 푸르스름한 흰빛이 아롱거렸다. 한 여자가 누워있고, 입술까지 끌어올린 홑이불 깃이 젖어있다. 여자의 푸르께한 눈두덩이 보일락말락 떨렸다.

태철은 죽어가는 햇병아리를 손바닥으로 감싸안고 울던 어린 시절의 기억을 떠올렸다. 병아리 눈꺼풀이 저렇게 떨렸었나? 이승에서 저승으로, 가물가물 꺼져가는 생명에 대한 가없는 연민이 태철의 혈관을 짜릿짜릿 조였다.

태철의 입에서 게송이 흘러나온다. 소요산 개울물처럼 청량한 음성이다.

비구와 우바니

이 이야기도 자련 보살에게서 들었다.

같은 해, 양주 원통암

태철이 암자 마당에 골풀자리를 깐다.

애숙이 더듬더듬 퇴를 내려와 태철의 인도를 받으며 자리 위에 무릎 꿇었다. 어지럼증이 살짝 도지다 가라앉는다.

태철이 참빗으로 애숙의 머리를 빗겼다. 여러 번 빗기고 정성스레 타래를 만들어 쪽을 찐다.

애숙은 태철에게 머리를 내맡긴 채 코를 벌름거렸다. 마르기 시작한 풀 냄새, 농익은 산열매들의 단내, 높푸른 하늘과 따사로운 햇볕과 소슬한 바람이 버무린 가을 냄새가 콧속을 간질인다. 그러나 애숙의 가슴을 먹먹히 채우고 살갖을 긴장시키는 냄새는 따로 있다. 초근목피와 과실, 미숫가루로 생식만 하는 사람 특유의 체취. 그것을 한갓 냄새라 말할 수 있으랴. 차라리 그것은 기운이다. 보이지 않는 애숙의 눈에 어떤 오롯한 영상을 맺히게 하는, 이름 붙일 수 없는 기운.

그의 얼굴은 둥글고 해사한 나무수국 꽃송이, 그의 눈망울은 갓 난 망아지의 젖은 그것, 그의 입술은 늦봄 산딸기의 말간 붉은빛, 그의 승복은 물푸레나무를 태운 재로 물들인 것, 그의 걸음은 바람에 날리는 민들레 홀씨… 그의 냄새는, 새근새근 잠든 아기의 숨결에 실린, 아무리 맡아도 질리지 않는, 젖내 섞인 수박 향.

애숙은 제 모습도 그려본다. 산고 끝에 쌍둥이를 낳고 나서 맨 처음 거울에 비춰보았던, 해산때에 푹 절은 그 얼굴이 떠오른다. 눈자위는 벌건 실핏줄로, 눈꺼풀은 푸릇한 실핏줄로 거미줄을 치었고 입술은 붓고 터져 더뎅이가 덕지덕지 앉아 있었다. 땀으로 뒤발했다 바싹 마른, 까칠한 소금기가 그대로 눌어붙었던 살갖. 그러나 애숙은 제 얼굴의 눈부신 아름다움에 놀랐다. 살아 숨 쉬는 자식을 둘씩이나 낳았다는 끈적한 만족감이 얼굴의 모든 구멍에서 빛살을 뿜어내고 있었다.

돌이켜보면 생목숨 끊어버리고 싶었던 때가 얼마나 많았나. 이놈 저놈 다 건드리고 쥐어뜯는 여종으로 더 살아 무슨 좋은 꼴을 보랴 싶었다. 제 얼굴을 식칼로 죽죽 그어버리고 싶었던 때는 또 얼마나 많았나. 썩은 음식에 쉬파리 끓듯 사내들이 꼬이는 이유가 모두 그 잘나빠진 얼굴 때문인가 했다. 그러나 끝내 제 손으로 목숨을 끊지 못한 것처럼 아름다움 또한 끝내 난도질하지 못했다. 목숨과 아름다움에 대한 미련은, 칡이나 우엉의 검질긴 심줄처럼 아무리 씹어도 바스러지지 않았다. 한 팔에 하나씩 두 아들을 보듬어 안고 젖꼭지를 물렸을 때, 그 젖 먹고 아침저녁이 다르게 살이 오르는 아이들의 토실한 몸을 씻어줄 때, 애숙은 두 목숨을 낳아 기르는 제 한 목숨의 놀라운 능력에 목이 메곤 했다. 그러다 순둥의 손에 아들들의 연약한 숨통이 끊기었을 때는, 그때는, 정말로 죽어 없어지고픈 마음뿐이었다. 다만 죽을 기력조차 없어 못 죽었을 따름이다. 꿈인지 생시인지 판단할 수도 없을 만치 의식이 흐릿해진 데다 눈도 보이지 않았다. 그러니 그날 이후의 얼굴이야 아무리 거울을 들여다본다손 알 수 없는 일이다.

이곳 원통암으로 옮겨져 혼몽 중에 태철의 게송을 듣다

가 애숙은 죽은 아이들을 만났다. 쌍둥이 중 늦게 태어난 아이, 그러니까 애숙이 열 달 품어 낳은 모든 아이들 중 일곱째 아이가 속삭였다. 품에 안겨 젖 빨다 어미를 올려다볼 때처럼 머룻빛 눈동자를 깜박이지도 않고서.

어머니, 어머니 옆에 제일 조금밖에 머무르지 못한 막내예요. 어머니의 일곱째 아이. 어머니 정이 고파서 제 넋이 스님한테로 들어갔어요. 저를 느끼듯이 스님을 느끼세요.

그때부터 애숙은 보이지 않는 눈 대신 코와 살갗과 귀로 탐욕스레 태철을 느끼려 했다. 눈뜬 소경이 되고 보니 눈치 볼 일이 없어 좋기는 했다.

태철은, 치러야 할 객이 없을 때면, 지팡이처럼 그녀를 따라다녔다. 해우소도 따라가고 목욕도 함께했다.

암자 앞, 개울에서 애숙의 몸을 씻겨서 돌아오는 길, 태철이 말했다.

"보살님은 코가 남달리 예민하신가 봅니다."

너무 티를 냈나 뜨끔한 와중에도 애숙은 코를 움찔거렸다.

스님 앞에서 저는 산때를 못 벗은 해산어미 같습니다. 불은 젖을 부여잡고 갓난아기를 찾는 어미. 제 온 몸뚱어리가 스님께로, 스님께로, 다가가려 꿈틀거립니다.

"스님한테서 오묘한 향내가 나기 때문입니다."

그 말을 듣고 걸음을 멈춘 태철이 애숙의 손바닥과 손등에 코를 가져다 댔다. 그의 콧날이 애숙의 손살을 파고들었다. 그녀의 입술이 꽃봉오리처럼 조용히 열렸다.

"보살님한테서도 오묘한 향내가 납니다. 어찌 오묘한가 하면… 가만히 맡다 보면 제풀에 눈시울이 젖는… 어이 숨탄 것으로 태어나 이 고생을 하는가, 가여운 마음이 절로 생기는 향내지요."

애숙이 자련自憐이라는 법명을 얻어 가진 것은 그날부터다.

태철도 애숙 앞에서 거리낄 것이 없었다. 그는 일찌감치 구족계를 저버린 땡추였다. 처음에는 원정이 시켜서 따른 폭이지만, 이후에는 자청했다. 그는 상처 입은 여자들이 그에게서 말을 원하면 말을 주었고 몸을 원하면 몸을 주었다. 태철은 그들이 구하는 것이 뭐든 제가 줄 수 있는 것이면 주려 애썼다. 말도 몸도 쓴다고 닳지 않는 것일진대 구태여 아낄 까닭이 없었다.

자련은 그런 여자들과 달랐다. 자련은 그가 이름을 지어 준 여자이고 그와 함께 사는 여자, 그의 유일한 제자, 일곱이나 되는 아이를 낳았으나 한 아이도 살리지 못한 가엾은 어머니, 이승에 발 딛고서 저승을 보는 여자, 코앞의 문고리도 못 찾고 벽에다 이마를 찧는 여자, 잠시만 보살피지 않아도 어딘가 멍들고 찢겨있는 여자, 물가에 내놓은 어린아이, 숱한 수컷의 공격을 받았으나 한 수컷의 사랑도 받지 못한 암컷.

태철은 그녀 앞에서 옷을 벗고 오줌을 누고 코를 후비고 이를 쑤시고 눈곱을 떼고 멱을 감고… 아무 짓이나 맘껏 했다. 그녀 옆에 있으면 뜨겁지도 차갑지도 않은 물에 몸을 담그고 쉬는 듯 아늑하고 편안했다.

태철이 비녀 꽂은 여인의 머리통을 어루만진다. 그의 가만한 손길이 여인의 목덜미에 돋은 소름으로 내려간다.

비구와 비구니

이 이야기는 승려 처경에게서 들었다. 조선 사람 십중팔구는 패악이요 역륜逆倫이라 손가락질하고도 남을 일을, 그는 자비행이라 믿었다. 그에게는 이런 기담이 무궁히 많았다.

같은 해, 자하문 밖 여승방
버선발 소리가 더러는 가까워 오고 더러는 멀어진다.
태철은 눈을 깜박거렸다. 깜박거려봤자 안대眼帶 속이라 보이지는 않는다. 코를 킁킁거렸다. 정결하고 외로운 여인들의 냄새, 승복 냄새, 마른행주 냄새, 묵은쌀 냄새, 오동장롱 냄새, 그리고… 그 모든 것을 둘러싼, 이름 붙일 수 없는 어떤 냄새.

이런, 내가 자련과 같은 신세가 되었군. 자련. 혼자서 밥은 챙겨 먹고 있을까. 그릇을 깨뜨려 손발을 다치진 않았을까. 해우소에서 발을 헛디디지는? 산짐승한테 해코지를 당하진…?

"스님께 결례가 많구려. 앉으시오."

늙은 여인의 목소리. 환갑을 한참 넘긴.

태철이 무릎을 꿇자 엉덩이 아래로 두툼한 방석 같은 것이 놓였다. 새파랗게 젊은 여인의 몸내가 태철의 코를 스친다.

냄새에도 나이가 있지. 눈을 가리니 더욱 확연하군. 이 방 안에서 말을 하는 이는 늙은 비구니, 내 시중을 드는 이는 어린 비구니.

"편히 앉으시오. 우리네는 항시 낮의 새와 밤의 쥐를 두려워하지요. 아장거릴 적부터 밤낮으로 배운 것이 조심하고 경계하는 것이라 이 나이가 되고서도 두려움에서 벗어나질 못하는구려."

이름 붙일 수 없는 냄새는 궁녀들이 내쉬고 들이쉬는 두려움, 그것이었나? 이들도 불가에 귀의한 지 오래건만 보통 비구니의 그것과는 사뭇 다른 냄새를 풍긴다고, 태철은 생각했다.

"중생에게 베풀기를 즐기고 그 베풂을 뉘우치는 일이 없으며 아무런 보답을 바라지 않으신다고 들었소."

"보살행의 큰길에서 겨우 한 걸음 한 걸음 나아갈 뿐입니다."

"그렇지요. 작고도 큰 보살행이지요. 암, 그렇고말고요. 에그."

늙은 여인이 고개를 여러 번 끄덕이고 나직이 탄식했다.

잇몸이 곪은 지 오래됐군.

태철이 숨을 참는다.

"이제 한 귀인이 들 것이오. 반드시 아들을 낳아야만 하는 여인이오. 스님은 그저 묻지도 말고 아는 체도 말고 씨앗만 넉넉히…"

"염려 마소서."

늙은 여승이 소리 죽여 웃었다.

사각사각, 치마 끌리는 소리가 문 앞에서 멈추었다. 그 소리가 다른 발자국과 함께 멀어진다. 젊은 여승이 태철의 어깨를 살짝 만지더니 겨드랑이에 손을 넣었다. 태철이 일어섰다. 여승은 치맛자락이 사라진 쪽으로 태철을 이끌었다.

이윽고 여승이 걸음을 멈추고는 방문을 열었다.

동백기름 냄새, 지분 냄새, 풀 먹인 모시 냄새 그리고 봄날의 고로쇠나무처럼 한껏 물오른 여인의 몸 냄새로 가득한 방이다. 태철은 젊은 여승에게서 물오른 여인에게로 인계되었다. 물오른 여인이 저고리 고름을 풀고 태철의 손을 제 불룩한 젖가슴으로 가져갔다. 물오른 여인의 손이 태철의 손바닥으로 제 유두를 누르고 둥그렇게 휘돌린다. 물오른 여인의 사타구니에 찐득한 점액이 고인다. 태철이 그 냄새를 맡는다. 태철이 여인에게 잡힌 바른손은 놓아두고 왼손으로 승복을 벗었다. 안대는 벗지 않았다. 익명을 고집하는 한 여인의 얼굴을 구태여 보고 익혀 무엇에 쓰리.

물오른 여인이 불뚝성을 내는 태철의 양물을 움켜쥐었다 놓고는 성마른 손길로 저고리를 찢어발길 듯 벗어젖히고 치마끈을 풀었다. 태철이 여인을 끌어안고 요인지 이불인지 위로 쓰러진다.

젊은 스승과
늙은 제자

이 이야기는 재가보살 묘향에게서 들었다. 묘향의 속명은 흰아가로 내 친정에서 안방마님, 그러니까 내가 한 번도 아버지라 불러보지 못한 아버지의 정실, 숙부인 장 씨의 사환使喚 노비를 했던 사람이다. 문서 있는 종은 아니었다. 성도 이름도 모르는 천애 고아로 아장아장 걷던 서너 살 무렵에 우리 집에 왔다. 길바닥에서 굴러다닌 아이치고는 살빛이 매우 희어 흰아가로 불렸다.

상전이 죽으라면 죽는시늉도 해야 하는 종으로 살며 큰 나리인지 작은 나리인지 이 집 사내종인지 마님 친정집 사내종인지 아비가 분명치 않은 자식을 서너 번 출산했으나 하나도 살리지 못했다. 마흔 살을 훌쩍 넘겼을 때 홀아비 역리驛吏 김계종이 우연히 보고 사랑하여 상전께 취처하고 싶다는 뜻을 전했다. 기력도 없고 생산도 못 하는 늙은 여종을 붙들어두어 어디에 쓰겠느냐며 마님이 성례를 허했다.

남편을 따라 안성 땅으로 간 뒤, 묘향은 큰 걱정 없이 제법 편안한 삶을 누렸다. 다만 부부가 자식 하나 없이 외롭게 살다 보니 자연 내세를 기약하며 부처님 위하는 일에 성심을 다하게 됐다.

묘향은 갑인년(1674)에 죽산 보산굴普山窟에 수행하러 온 처경 스님을 만나 깊은 감명을 받았기에 그 자리에서 팔뚝을 향불로 태우고 제자가 되었다. 갓 스물의 손자뻘 스승을 모시매 나이를 전연 생각지 않고 오로지 제자의 예를 지켰다.

묘향과 내가 비록 한때 한 지붕 밑에서 한 우물물을 먹고 살았다고 하나 수십 년 세월 지나 서리 내린 머리털과 주름진 뺨으로 만났으니 처음부터 서로를 알아봤을 리 없다. 어느 가을 원통암에서 수륙재를 올릴 때 함께 날밤을 새우며 이런저런 얘기를 맞춰보고서야 누가 누구인지 알게 됐다. 내 친정은 뜨르르한 양반가였으나 나는 자식 취급 못 받는 서녀로, 묘향은 사람대접 못 받는 노비로 제가끔 서럽고 원통한 뒷얘기가 많았다. 우리는 오래 못 본 친동기간처럼 부둥켜안고 울었다.

아, 묘향 보살이여, 나중에 처경 스님 일로 노쇠한 몸에 가혹한 치도곤을 당하고서 그예 세상을 떴으니, 어진 사람의 말로가 어찌 그리도 가련하단 말인가. 두 손 모아 비옵나니 부처님 가피를 받아 내세에는 아미타불국에서 고결한 수행자로 나소서.

같은 해, 안성 흰아가의 집

사리자, 색불이공, 공불이색, 색즉시공, 공즉시생, 수상행식, 역부여시….

흰아가는 반야심경 한 구절에 한 땀씩 장삼 솔기를 깁는다. 저고리와 바지는 이미 지어 개켜 놓았다.

찢기고 피 묻은 옷차림으로 뒤란에 숨어있는 스승에게 바칠 옷. 흰아가가 제 두 손으로 지었으되 입으로 외운 반야심경의 구절구절이 바느질 땀마다 스며들어 입는 이의 기운을 돋울 옷.

새 옷으로 갈아입기 전에 목욕을 하고 싶어 하실 거야. 가마솥 가득히 물을 끓여야겠다. 한겨울에도 뜨끈한 방 안에서 곶감 먹기보다 입김이 얼어붙는 백암산 온천물에서 목욕하기가 더 좋았다고 하는 분인걸. 그나저나 헐고 짓무른 상처는 좀 덜하시려나. 고약은 제때제때 바르셨을까.

손만 바쁜 게 아니라 머릿속도 바쁜 흰아가다. 역리의 녹봉으로 고작 두 입 건사하는 데는 모자람이 없으나, 앞뒤가 빤한 살림에서 짜내고 여퉈 귀한 손님을 모시려니 심신이 바쁘지 않을 도리가 없다. 상한 몸을 보할 음식과 약재를 구하고 여분의 옷가지와 이부자리 마련하는 비용만 해도 수월치 않다.

흰아가가 윗돌 빼서 아랫돌 괴고 아랫돌 빼서 윗돌 괴며 융통하는 사정을 아는지 모르는지 김계종은 말이 없다. 천성이 과묵하고 무던한 사람이다. 외롭고 고단한 팔자에 그나마 서방 복이라도 있으니 다행이랄까. 스승을 잘 모시고 발복發福하여 내세에는 달리 살기를 바랄 뿐이다.

흰아가는 죽산 보산굴에 와있다는 젊은 승려의 명성에 혹해 주변 여거사女居士들이 뵈러 간다 어쩐다 법석을 떨 때에는 시큰둥했더랬다. 계절이 바뀌고 소문이 웬만히 가라앉은 참에야 호기심이 일어 홀로 보산굴을 찾았다.

보산굴 안팎은 적요했다. 사람은커녕 멧짐승의 기척도 없었다. 먼 데서 까마귀 소리만 꿈속처럼 아득히 들릴 뿐. 헛걸음쳤나 싶어 잠시 허탈해하던 흰아가는 어두컴컴한 굴길 안쪽에 정좌한 처경을 발견하고 깜짝 놀랐다.

처경은 눈을 내리감은 채 반듯이 앉아 염주를 돌리고 있었다. 등잔불도 향로도 없었으나 처경의 주위만은 물안개가 피어오르는 듯 뿌유스름했다. 젊은 승려의 청수淸秀한 용모에서 굴 천장 바위 틈새를 뚫고 내려오는 햇빛보다 더한 빛살이 뿜어져 나왔다. 그의 눈가와 입가에는 발그레한 기쁨이 어렸는데 지켜보는 흰아가의 얼굴에도 은근히 번져오는 듯했다. 흰아가는 숭모하는 마음을 주체하지 못하고 그에게 삼배를 올렸다.

마치 다른 세상에 가 있는 듯 처경이 흰아가를 알은체하지 않은 덕분에 흰아가는 욕심껏 처경을 바라보고 요모조모 뜯어볼 수 있었다.

오오, 앞에서 볼 때는 살아계신 부처님이요 뒤에서 볼 때는 왕자 같은 귀골이로다. 살아생전 이런 분을 가까이서 뵈옵다니!

흰아가는 눈을 끔벅이며 감탄했다. 흰아가는 처경을 독대하고 있다는 사실만으로도 보잘것없던 제 사람값이 부쩍 치솟은 느낌을 받았다.

숱한 여인들이 이 토굴에 드나들었다지만, 때맞춰 스님과 단둘이… 이 노을빛 법열 속에 함께한 여인이 나 말고 또 있었을까.

흰아가는 그날로 팔뚝에 연비燃臂하고 처경의 제자가 되었다. 처경은 흰아가에게 묘향이라는 법명을 지어주었다.

물론 흰아가의 생각과 달리 처경과 독대한 여인은 많고 많았다. 여인들은 처음에는 낮으로만 다녔으나 점차 밤에도 머무르는 이가 생겼다. 인근 암자의 비구니 중에도 들락거리는 이가 숱했다.

이런 일이 암암리에 알려지며 양반 토호 서넛이 어울려

노는 자리에 처경을 불렀다. 비구니 몇 명을 데리고 오라고
도 했다. 속셈이 뻔했기에 처경은 응하지 않았다. 여러 번 불
렀는데도 처경이 모르쇠를 잡자, 그들은 안성 관아에 가서
예의와 염치를 모르는 땡추가 음란한 행실로 풍속을 어지
럽힌다고 발고發告했다.

처경은 토굴에서 관아로 끌려가 두 차례 형추刑推를 받았
다. 죄목은 분명하지 않았다. 물증이나 증인도 없었다. 토굴
에 신원 미상의 여인들이 나들었다는 발고만 있었지 꼬리
를 밝힌 여인은 없었던 것이다.

발고가 있었다고 해서 사가의 여인을 아무나 잡아들일
수도 없었다. 만만한 비구니 몇 명만 끌려가 심문을 받았다.
물론 그들도 딱 잡아뗐다.

형방은, 네 죄를 네가 알렷다, 하는 식으로 처경을 잡아다
정강이를 마구 때렸다. 그리고 여드레를 가두어두고 형추
하였는데도 죄가 특정되지 않자, 불쑥 방면하였다.

"아랫것들은 눈치코치가 있어야 제 한 몸 건사할 수 있는
게야. 차후에도 중질로 먹고살려거든 명심하거라. 절대로 양
반님네 심사를 거슬러서는 안 돼. 무조건 설설 기어야 해."

형방이 처경을 관아 밖으로 내동댕이치며 선심 쓰듯 던
진 조언이었다.

처경은 매질도 매질이지만 기가 막혀 몸이 상했다. 손도의 집을 떠난 후 완전히 연을 끊었다고 생각한 손도가 머릿속을 꽉 채웠다. 안성 관아 형방아전의 이목구비는 희한할 만치 손도와 흡사했다.

손도의 아들로 살았다면 이런 일을 겪지 않았을까?

처경은 거듭 자문했다. 하지만 손도의 아들로 사는 생각을 하면 숨이 쉬어지지 않았다.

양반이 대체 무엇이기에 양반이 발고하면 물증 없이도 사람을 때려잡나? 중은 사람이 아닌가? 중이 이리도 천대받는 신분이었나? 이런 취급을 받으면서도 중으로 종신終身할 수 있을까?

중노릇하면서 이런 일을 당하기는 처음이라 처경은 큰 충격을 받았다.

손도의 아들로도 중으로도 살 수 없다면 어찌 살아야 할까?

처경은 관아 가까이 있는 김계종의 집을 찾아갔다. 집의 위치는 흰아가에게서 익히 들은 바가 있었다.

"관아에서 이미 보산굴을 막아버려 돌아갈 곳이 없습니다. 이 몸으로는 다른 데를 찾을 기력도 없습니다."

흰아가는 제자 된 도리로 처경을 받아들이지 않을 수 없었다. 정작 김계종은 가타부타 말이 없는데, 때마침 들른 이웃 사람이 죄인을 거두었다가 그 후환을 어찌 감당하려는가, 잔소리를 했다.

"아이고, 염려 마세요. 후딱 밥 한 끼만 대접하고 보낼 참입니다. 부처님을 따르는 집에서 죄인이든 상거지든 찾아온 사람을 생파리 쫓듯 쫓아낼 수야 없지 않겠어요?"

흰아가는 이웃이 상전이 아닌데도 굽실거리며 눈치를 보았다. 관아는 두말할 것도 없이 어렵고도 두려웠다. 집 뒤 숲속 안 쓰는 마구간에 처경을 숨긴 연유가 그것이다.

명색 제자로서 스승을 그런 데 모셨다는 사실이 면구스러워 흰아가는 식사도 침구도 상전 모시듯 공들여 해다 바쳤다. 밤과 잣을 넉넉히 넣고 찹쌀죽을 끓여 내어간 오늘 아침, 처경이 그릇을 깔끔히 비우고는 눈물을 흘렸다.

"묘향 보살님, 매번 이리 귀한 음식을 정성껏 해주시니 송구하여 몸 둘 바를 모르겠습니다. 관자재보살의 대자비심도 이와 다르지 않을 것입니다."

흰아가는 처경이 한 말과 눈물 바람에 불현듯 등이 따숩고 배가 부른 느낌을 받았다. 이 순간, 더 바랄 것이 없다는 생각마저 들었을 때 입에서 뜻밖의 말이 흘러나왔다.

"스님, 관아에서요. 본디 원주 출신으로 이가라고 하셨다면서요? 혹시 나라님과 같은 국족이세요?"

처경은 눈썹을 살짝 치켰을 뿐, 대답하지 않았다.

"제 눈에 스님이 어찌 보이느냐 하면요. 앞에서 볼 때는 생불 같고 뒤에서 볼 때는 왕자님 같아요…"

처경의 입꼬리에 반달 주름이 패었다 사라졌다.

"혹시… 경안군 대감을 아세요? 제가 대갓집 사환을 할 적에 경안군 대감댁에도 심부름을 다녔더래서 대감을 더러 뵈었답니다. 스님과…"

흰아가 두 손으로 사람 얼굴 모양을 그리면서 웃었다.

"많이 닮으셨습니다."

처경이 실눈을 뜨고 빙긋이 웃었다. 그 미소가 긍정인 양 흰아가 내처 물었다.

"혹 스님이 경안군 대감한테 동생이 되십니까?"

처경이 부끄러운 듯 두 손으로 얼굴을 감쌌다.

"그럼 복창군 대감이 스님한테는 사촌이 되겠네요?"

처경이 한참 뜸을 들이다가 입을 떼었다.

"보살님. 저는 고아로 자랐습니다. 수양收養어머니께서 제 성姓이 이가라 하셨기에 그리 알고 있을 뿐입니다. 설령 제 뿌리를 상세히 모른다 하더라도 제 피와 살과 기운과 맥박 은 모두 어버이께서 물려주신 것입니다. 제 몸이라고 제가 만든 것이 아니지 않습니까? 수고로이 낳아주신 부모님과 기맥氣脈으로 통할 혈육을 늘 생각하고 그리워합니다."

처경의 눈에 눈물이 고였다가 주르르 흘러내렸다. 흰아가의 눈시울도 뜨거워졌다.

"스님. 저도 고아입니다. 스님은 성씨라도 알지요. 저는 부모님 성도 모르고… 아무것도 모른답니다. 남달리 희어서 흰아가로 불릴 만치 이 희디흰 살빛이 누구한테서 왔을까요?"

처경이 새삼스러운 눈빛으로 흰아가를 바라보았다.

"당연히 부모님이 물려주셨겠지요. 여느 귀부인의 살빛 못지않으니 본디 귀한 집 핏줄일 듯합니다."

흰아가는 눈물에 젖은 제 뺨을 어루만졌다.

말이야 바른말이지, 천비賤婢 소생이 이토록 해말끔하고 귀티 나는 인물일 리 없다. 오종종한 이목구비에 살짝 얽기까지 한 김계종이 아내를 함부로 대하지 않는 까닭이 무엇이랴. 아내가 비록 어린 나이에 고아가 되어 어쩔 수 없이 남의 집 종으로 살긴 했으되 그 근본은 양반집 혈통이리라 믿는 것 같다. 늘 남편 눈치를 봐 버릇하는 흰아가도 자꾸 그쪽으로 머리를 굴리게 된다. 변란에 역병에 옥사에 멸문지화를 입는 양반집이 어디 한둘이던가. 그런 식으로 풍비박산 난 어느 반가의 핏줄일 거라고, 흰아가는 제 희디흰 살가

죽만큼이나 얄따란 믿음을 붙들고 있다.

"저 같은 사람이야 이제 와서 근본을 찾을 방도가 꽉 막혔으나 스님께서는 형님도 있으시고 사촌도 많으시고…"

흰아가는 말을 맺지 못했다. 형님과 사촌을 찾아가서 어떻게 뿌리를 찾아야 하는지는 전혀 몰랐기에.

무슨 방도가 생기리라. 나야 이미 글렀지만 우리 스님은 앞길이 구만리 같은걸. 제자 된 도리를 다해 어떻게든 도와드려야지.

흰아가는 마무리한 장삼을 개켜 바지저고리 위에 얹고 보자기에 쌌다. 오래 앉았다가 일어서려니 골반과 무르팍이 삐거덕거렸다. 흰아가는 한참을 구부정하니 선 채로 미간을 찌푸렸다가 지게문을 나섰다.

마당 구석 자리부터 저녁 어스름이 깃들고 있다.

비구와 늙은 궁인

이 이야기는 자련 보살에게서 들었다. 자련 보살은 이 장면을 눈으로 보지 못했어도 본 것처럼 생생하니 전달했다. 살다 보면 유별스레 또렷한 꿈을 꿀 때가 있지 않은가. 꿈속에서는 눈을 감고도 다 볼 수 있다. 자련 보살도 그렇듯 꿈꾸는 이의 눈으로 모든 것을 보았으리라.

같은 해, 양주 원통암
늙은 궁인이 입을 오므리고 웃자, 입가에 숨어있던 주름살들이 자글자글 살아난다. 백태가 끼어 검은자위가 반밖에 남지 않은 눈이 이물스럽지만, 낯빛이 말갛고 살피듬이 좋아 인상이 나쁘진 않다.

"처경 스님 높으신 명성을 듣고 오래도록 흠모해 오다…
오늘에야 이렇듯 이내 조그마한 신녀信女의 몸으로 스님을
친견하오니… 늙은 신녀는 이제 죽어도 여한이 없으리라. 부
디 스님께서는… 이 미욱한 신녀가 정토淨土왕생往生할 도리
를 일러주소서."

늙은 궁인의 음성이 방금 우려낸 찻물처럼 따끈하고 잔
잔하다. 태철이 마룻바닥에 이마를 대일 듯 합장하였다.

"그리 말씀하시니 소승, 몸 둘 바를 모르겠습니다. 천둥벌
거숭이와 다를 바 없는 소승을 두고 어찌하여 감당할 수 없
는 허명虛名만 높아지는지 알다가도 모를 일입니다. 외려 갸
륵한 비손과 지극정성으로 삶의 고해를 헤쳐오신 뭇 거사
님들께 날마다 크나큰 가르침을 얻고 있는 형편입니다. 부
디 소승에게서 배울 생각을 지우시고 지혜의 죽비로 소승
을 깨우치소서."

궁인의 눈에 찐득한 물이 괴었다가 흘러내린다. 궁인이
흰 명주 수건을 꺼내 눈물을 찍어냈다.

"스님께서 이리 말씀해 주시니 이 조그마한 신녀가 감격
스러운 마음을 누르지 못하고… 이리 못난 꼴을…. 사실이지
신녀는 궁중에 있으면서 부러 천치 짓을 하고 보란 듯이 모
자란 행동을 했습지요. 무릇 똑똑한 궁인은 모시는 귀인의

은밀한 지시를 받들지 않을 수 없는지라··· 그런 일로 사달이 나서 제 명에 못 살곤 합지요. 신녀는 남의 눈에 모자라 보인 덕에 목숨을 보전하고 별궁으로 전출돼··· 아이고··· 그 숱한 난리를 겪고도 이리 고이 늙어갈 수 있으니 그저 홍복洪福이라 여기고 감읍합지요.”

여자치고는 뼈대가 굵고 두상이 큰 데다 자련을 세 명쯤 붙여놓은 듯 퉁퉁하고 실팍한 궁인이 스스로를 조그마한 신녀라 칭하는 양이 태철은 좀 우습다. 태철의 입꼬리가 제풀에 올라갔다.

“호란胡亂을 겪으셨습니까?”

궁인이 손사래를 쳤다. 덩치에 비해 손목이 가느다랗고 손가락도 어린아이의 그것처럼 짧고 오동통하다.

“어렸을 때라··· 호란은 기억이 하나도 안 납니다만··· 열댓 살에 잠시 빈궁마마를 모셨다가 저승 문턱까지 갔습지요.”

“험한 세월을 참고 견뎌내셨으니 반드시 부처님 가피를 입을 것입니다. 내세엔 좋은 곳에 나셔서 지복을 누리실 것이고요.”

태철이 물 흐르듯 술술 말하자, 궁인이 합죽합죽 입을 다신다. 궁인이 옷소매를 부스럭거리더니 한지로 겹겹이 싼 물건을 꺼냈다.

"스님께서 이 조그마한 신녀에게 주신 귀한 말씀에 비하면 하찮기 짝이 없습니다마는… 백옥으로 깎은 불상입니다. 살아계신 부처님께… 바치옵니다."

궁인이 두 손으로 물건을 받들어 태철에게 건넬 때 턱살이 삼중으로 겹치는 양을 보고 태철은 더 올라가려는 입꼬리를 다잡았다.

"주시니 받습니다만 다음번에는 구태여 이런 것을 준비하지 마소서."

태철이 물건을 펼쳐보지도 않고 등 뒤 벽장에 집어넣었다. 궁인이 바투 다가앉았다.

"스님. 처경 스님. 신녀가 듣기로… 스님의 지체야말로 백옥으로 깎은 불상이라고… 그 지체를 만지기만 하여도 세상살이 얽히고설킨 원과 한이 올올이 풀린다고 하더이다. 한평생 존귀한 주인을 모시느라… 음양의 이치를 모르고… 늙고 병들어서야 겨우 놓여난 이 조그마한 신녀에게도 스님의 지체를 한 번 만져보는 영광이 가하리까?"

태철이 궁인에게 손을 내밀었다.

궁인이 눈을 감고 태철의 손을, 손톱과 손가락과 손바닥과 손등과 손목을 어루만진다. 그 손길이 나긋하다. 궁인이 태철의 팔뚝과 어깨와 등을 쓰다듬는다. 그 손마디가 떨린

116

다. 궁인이 태철의 얼굴을, 귓불과 이마와 콧날과 입술을 더듬는다. 그 손끝이 뜨겁다. 궁인이 태철의 목을, 울대와 덜미를 톺는다. 그 손바닥에서 땀방울이 솟아난다.

태철이 궁인의 손을 제 불두덩으로 인도한다. 궁인의 온몸이 그 손으로 쏠린다. 숫제 바닷물 속에서 널빤지 하나를 움켜잡은 듯하다. 궁인의 얼굴이 달아오른다. 뺨에는 분홍 수련이 벙글고 귓불에는 붉은 모란이 피어난다. 이윽고 궁인이 입술을 깨문다. 눈물이 샘솟듯 흐른다.

태철이 궁인의 손을 제 양손에 모아 쥐고 합장한 후, 제자리로 돌려놓았다. 한참 뒤, 궁인이 눈을 떴다. 입술을 예닐곱 번이나 달싹거리다간 겨우 말소리를 만들어냈다.

"신녀가 수십 년 궁살이를 해보아서 잘 알지요. 스님처럼 청수하신 용모는… 예사 사람에게서는 찾을 수 없는 것이외다. 정녕코 귀인의 혈통이시지 저잣거리의 필부는 아닐 성싶습니다. 속세 사람들이 스님을 친견하고서 앞모습은 생불이요 뒷모습은 왕자라 하더니 과연 그러합니다. 신녀가 모신 소현세자 저하, 인평대군 대감, 복창군 대감과도 닮으셨군요. 복창군 대감과 사촌이라 해도 믿겠습니다."

태철이 등을 곧추세우고 귀를 쫑긋했다.

"왕손 중에 행방을 모르는 분이 더러 계신다던데… 스님

연배라면… 듣기로… 소현세자 저하의 일곱째 소생… 저하께서 급서하신 뒤에 나셨으니 유복자이십니다. 빈궁마마께서 참혹한 처지로 차마 어찌할 수 없으셔서 궁 밖으로 내보내셨는데, 보개산 비구니가 양주 대탄인지 소탄인지에 던졌다고도 하고… 비구니가 몰래 빼돌렸고 어느 보살이 남몰래 양육했다고도 합디다. 생존해 계신다면… 똑 스님 같을 것입니다.”

태철이 자기도 모르게 고개를 끄덕인 모양, 궁인의 눈이 휘둥그레졌다.

“이목耳目 성음聲音이 누구를 닮긴 닮았는데 과연 누구를 닮았나 했더니…”

궁인의 무릎이 태철의 무릎에 맞닿았다. 궁인의 눈이 굵은 눈물방울을 밀어낸다.

“억울하게 돌아가신 소현세자 저하와 빈궁마마를 반반씩 닮으셨구먼요.”

태철의 눈에도 눈물이 괸다.

그렇지. 손도 같은 자가 내 아비일 리 없지, 암.

“말할 수 없는 사정으로 어려서부터 남의 손에 자라 지금은 이렇듯 불법에 의지하는 몸입니다. 속연을 다시 이을 마음이야 바이없으나, 부모 그리운 정을 말해 무엇 하겠습니까? 때때로 부모은중경을 읽을 때마다 수미산을 일천일백

번 돌아도 갚을 길 없는 그 은혜, 갚을 수도 없으되 갚을 엄
두조차 낼 수 없음에 서러워 몸서리칩니다. 사람이 제가 기
인한 뿌리를 모른다면 사람의 형상을 하고 있달 뿐이지 어
찌 사람이라 할 수 있으리까? 바라건대 제 부모님에 관하여
아시는 대로 일러주소서."

"모자란 아랫것을 타박하지 않으시고… 거두어주시던 은
혜가 사무칩니다. 종일아, 종일아… 부르시던 그 옥음玉音이
귀에 쟁쟁한데… 지금 스님 음성과 똑같습니다. 아주 똑같
습니다."

궁인이 끄윽, 끄윽, 흐느끼다 딸꾹질까지 한다.

태철은, 흰 갈매기가 떼 지어 날아가던 어느 아득한 풍경
을 떠올렸다. 문득, 갈매기들의 흰빛이 한데 모여 백옥으로
화하는 환상… 아, 그곳은, 백옥과 같이 희디힐 그곳은, 그림
자마저 검지 않고 푸르를 그곳은.

태철의 온몸에 와르르 소름이 돋는다.

아, 인연의 그물이 어찌 이리도 공교롭단 말인가.

오늘 처음 만난 늙은 궁인과 비구가 운다. 부둥켜안고 운
다. 눈두덩이 붓고 눈자위가 빨개지도록. 마주 앉은 무르팍
이 다 젖도록.

넷째

출궁한 궁녀와
승은한 궁녀

이 이야기는 예옥에게서 들었다. 예옥은 출궁한 궁녀로 내가 원통암에서 만나 깊이 사귄 벗이다. 승은한 궁녀는 상업이다. 예옥은 피 한 방울 섞이지 않은 상업을 제 목숨보다 귀히 여겼다. 그릇이 작은 나는 내 하나뿐인 친딸에게도 그만한 사랑을 주지 못했다.

같은 해, 자하문 밖 예옥의 집

예옥이 세필을 들어 먹물을 듬뿍 묻혔다 털어낸다. 벼루에 은애하는 벗의 얼굴이 얼비친다. 벼루만 그러한가. 하늘을 보면 구름에, 세수를 하려 하면 세숫물에, 잠자리에 누우면 천장에, 눈을 감으면 어둠 속에 삼삼한 그 얼굴. 지밀나인

김가派 상업.

항아님, 항아님, 하며 예옥을 친어미처럼 따르던, 햇병아리 아기내인 시절의 상업을 떠올리면 예옥은 젖꼭지가 찌르르 운다.

눈알 하나를 뽑아준들 아까우랴. 팔뚝 하나를 떼어준들 아까우랴.

예옥은 계모 슬하에서 괄시받고 자랐기에 계모고 친부고 간에 친정집에 아무런 정이 없다. 치사랑을 느낀 윗대를 꼽자면 하늘 아래 오로지 한 사람, 고모밖에 없다. 언행에 절도가 있고 사리 판단이 빠른 덕에 제조상궁으로 출세한 고모는, 허구한 날 매 맞고 배곯던 친정집에서 예옥을 구해내어 침방나인으로 입궁시켰다. 예옥이 열다섯 살에 관례하자 동궁 지밀로 끌어주기까지 했다.

"내 뒤를 이을 제조로 키우려니 기질이 너무 곱단 말이지. 수화폐월羞花閉月이어서 저절로 지존의 눈에 들기를 바랄 수도 없고. 이도 저도 아닌 바에는 지밀이라도 해야 승은 입을 꿈을 꿀 게 아니냐."

"제 주제에 승은이라니, 언감생심焉敢生心입니다."

"글쎄, 네 주제가 그리 대단치는 않다만… 승은 팔자는 아무도 모르느니라. 밤하늘을 가르는 별똥별이 어디로 떨어질지 뉘 안다더냐."

나중에 강빈옥사로 겪은 고초를 생각하면 아니 감만 못한 동궁이었지만, 고모인들 그럴 줄 알고 보냈으랴. 그 옥사에서 살아남았다는 사실 자체가 고모 덕인 것을.

생각하면 언제나 고맙고도 그리운 고모이지만, 저승에서 다시 만난다고 하더라도 쓰다듬고 어루만지며 반가워하지는 못할 터였다. 워낙 성정이 차가웠고 누구에게나 맞춤한 거리를 지키던 어른이었으니 저승에서도 예의범절을 따질 거였다. 고모는 예옥을 계모처럼 학대하지도 않았지만, 죽은 어미처럼 맹목적으로 사랑해 주지도 않았다. 어린 조카를 귀애하는 육친이라기보다는 아기나인을 엄히 가르치는 스승항아님 쪽에 가까웠다. 고모는 예옥을 방각시로 두고 궁인의 몸가짐과 말씨를 혈 자리에 침 꽂듯 정확히 가르쳐 주었다. 앉고 일어서는 거동, 절하고 뒷걸음질하는 거동, 소리 없이 걷고 공손히 말하는 법. 한글과 소학, 열녀전, 규범, 내훈. 여염과는 다른 궁중의 말씨와 용어. 징글징글하도록 되풀이하여 외우고 익혔던 그 모든 것들.

김상업은 예옥의 처소에 배당된 네 살배기 방각시였다. 고모와 예옥처럼 핏줄로 엮인 사이는 아니었고, 군기시軍器寺 서원書員 김이선이 점쟁이 말을 믿고 덜컥 입궁시킨 딸이었다.

사주팔자가 여염 부녀에 걸맞지 않다나 어떻다나. 예옥은 그런 김이선이 미우면서 고마웠다. 딸을 귀히 여기지 않는 아비 심보가 친정 부친과 매한가지여서 미웠고, 그런 아비가 아니었으면 상업이 예옥의 품에 안기었을 리 만무하니 고마웠다.

예옥은 상업을 처음 본 순간부터 세상없는 자식이라도 얻은 듯 물고 빨며 사랑했다. 뽀얀 살갗, 말간 눈, 고소한 젖내. 보고 또 봐도 어여쁘던 상업의 나비잠. 뜰먹거리는 앞가슴에 손을 대면 친정서 키우던 병아리의 그것처럼 팔딱팔딱 뛰던 심장.

천륜이었던들 그보다 더한 정을 느꼈으랴. 생부모는 상업을 고작 4년밖에 키우지 않았지만, 예옥은 상업이 관례하고 정식 나인이 되어 제 처소를 배정받을 때까지 십 년 넘는 세월을 함께했다. 서른다섯 해 궁살이에 상업과 함께했던 그 십 년이 가장 좋았다. 그중에서도 제일 좋았던 시간은 참빗으로 빗겨 새앙머리를 해줄 때, 예옥의 열 손가락은 지금도 그 기억을 고스란히 간직하고 있다. 까맣고 반들반들한 머리채를 뒤에서 두 가닥으로 나눠 땋았다. 그것을 말아 올려 동그란 뒤통수 아래 나란히 묶으면 갓 피어난 수국 꽃숭어리 같았다. 그 위로 넓은 자주 댕기를 드려 엉덩이까지 늘였다. 제 손으로 단장해 놓고도 어찌나 예쁜지 눈앞에 당겨서도 보고 멀찌감치 두고도 보고 옆모습으로도 보고 돌려 세워도 보았다.

스승으로서 방각시를 너무 오냐오냐한다는 지청구도 들었지만, 절로 흘러넘치는 내리사랑을 어찌하리.

내 아기. 내 딸. 내 사랑. 내 영원한 벗.

짓무른 눈가장에 물인지 곱인지가 괸다. 예옥은 오른손으로 붓을 들다 말고 왼손 소맷부리로 그 귀찮은 체액을 찍어내고 찔꺽눈을 끔벅거렸다.

언제까지 버텨줄는지. 제발 덕분에 상업이 봉작을 받고 편안해하는 모습까지만 이 눈으로 볼 수 있기를.

오랜만에 안부 여쭈오.

날마다 바라느니 벗의 수복강녕뿐이오.

예옥은 상업이 승은을 입은 다음부터 깍듯이 존대했다.

승은을 입고서도 제 한 몸 신역조차 면치 못한 나인이라니. 안타깝고 불쌍한지고. 예옥은 혀를 끌끌 찼다.

주상은 후궁을 한 명도 두지 않았다. 왕조가 생긴 이래로 유례없는 일이다. 주상이 유례없이 여색을 밝히지 않아서

라기보다는 중전의 시새움과 강짜가 유례없이 막강해서다.
중전은 타고난 성격이 괄괄한 데다 국본國本을 낳았다는 위
세가 하늘을 찔렀다. 범례를 따르자면 상업은 진즉에 숙원
첩지를 받았거나 적어도 승은상궁 대우는 받아야 한다. 그
러나 주상부터가 중전이 두려워 쩔쩔매는 형편이니 상업은
오히려 중전의 손에 치도곤이라도 당할까 벌벌 떨며 대비전
에 숨어 산다. 당장은 대비가 상업을 역성들며 지켜주고 있
지만, 대비가 승하하는 날에는? 그 생각만 하면 예옥은 애
간장이 녹는다.

　보내준 약재와 은자, 잘 받았소. 벗의 정성을 생각하여 자중
　자애하리다.
　소갈이란 참으로 고약한 병이오. 수시로 먹고 마시는데도
　뱃속의 아귀는 백 년이나 굶은 듯 보채고 혀는 늘 말라서 타
　는 것 같구려.
　그렇다 한들 구중심처에서 천만 가지 근심에 휘둘리는 벗의
　노심초사에 비하겠소? 그 근심 한 자락만 걷어줄 수 있다면
　내 하찮은 목숨, 아낌없이 바치리오만.
　일전에 부탁받은 대로 내가 만난 일곱째 아이, 그 아이에 대
　해 내가 아는 바, 따로 조사한 바를 벗이 읽기 좋도록 정리

하여 보내나니 취할 것은 취하고 버릴 것은 버리시오. 내 눈으로 보았거나 당자에게 들은 사실만 적고자 하였으나, 벗도 알다시피 내가 출궁한 것이 소갈 때문이 아니고 신병神病 때문이지 않소? 병이 나날이 깊어지고 주야로 헛것이 보이니 헛것이 헛것을 부르고 헛것들끼리 결고틉디다. 거기에 소갈까지 덧들이니 사람이 견디지를 못하겠기에 어쩔 수 없이 헛것들의 수작까지를 적었소. 벗님이 그 밝은 눈으로 옥석을 분별하시오.

몸은 멀리 있어도 내 고운 벗을 영원히 은애하는 마음, 오로지 그 마음 하나에 생사를 의탁했으니 벗이여, 부디 뉘라도 지나치게 믿지 마시오. 읽으면서 바로 글자를 물에 씻어버리게 세수 그릇을 준비해 두고 두루마리를 펴시구려. 늙고 병든 여인은 이리도 근심이 많다오.

비구와 젊은 궁인

이 이야기는 누구한테 들었다기보다 내가 자초지종을 제일 잘 안다고 해야겠다. 나는 예옥과 머리를 맞대고 상업을 살릴 묘책을 궁구하다 못해 결국 이 엄청난 일을 내 집에서 주선하고야 말았다.

같은 해, 자하문 밖 내 집

언뜻 스치는 물비린내. 잿물 냄새. 버석하고 꺼칠한 손이 태철의 눈에 검은 수건을 두르고 뒤통수에서 매듭을 짓는다. 아청鴉靑빛 소매가 태철의 눈결에 얼핏 들어왔다 사라진다.

　태철은 눈을 깜박거렸다. 아무것도 보이지 않는다. 아니, 흐릿하긴 해도 다 보인다. 이런 일도 오래 하다 보니 안대를 뚫고 보는 법을 배웠다.

아래위로 검푸른 기러기 빛깔 물을 들인 치마저고리 차림의 건장한 여인. 물일에 단련된 손. 허리까지 내려오는 저고리. 둥그런 방석같이 틀어 올린 머리. 널찍한 허리띠에 찬 패.

세답방 무수리랬지? 일전에 무수리 여럿이 도봉산 암자에 왔을 때 덩치가 유난히 커서 눈에 띄었던 그 여인 같다, 고 태철은 생각한다.

무수리가 태철을 업었다. 여인의 등에 업히다니, 까마득한 어린 시절 이후로 처음이다. 태철은 살짝 당황하다 체념한다. 어차피 가기로 한 길, 걸어가면 어떻고 업혀 가면 어떠리.

무수리가 걷고 오르락내리락하고 문을 열었다 닫았다 하다가 갓난쟁이 다루듯 조심히 태철을 내려놓았다. 두툼한 요가 깔린 방이다. 무수리가 뒷걸음질로 물러선다.

태철은 눈을 가린 수건 너머로 어둠 속에 웅크리고 앉은 함초롬한 형체를 보았다. 오늘 밤, 태철이 돌봐야 할 사바의 여인. 그녀에게서 배꽃 향내가 난다. 태철은 그녀가 누구인지 모르지만 그녀의 괴로움이 무엇인지는 안다.

회임을 하고 못 하고에 목숨이 달려 있다지. 두려워하는 여인. 두려움 때문에 아픈 중생. 중생이 아프면 부처도 아프다. 중생이 아프면… 나도 아프다.

"아들 낳기를 원하십니까?"

궁금하지는 않다. 오늘 밤 일면식도 없는 두 사람이 색욕 때문에 이 자리에 모인 게 아니라는 사실을 상기시키면서 여인의 경계심을 풀어주고 싶을 뿐이다.

"아닙니다. 부처님 가피로 딸 낳기를 소원합니다."

딸을 원하는 여인은 처음이다. 태철로선 상관할 바 없다. 다만 가없는 연민의 심정을 모아 잠시 합장하고 여인의 소망이 이루어지기를 빌 뿐.

태철이 그녀에게로 다가앉아 잠자리 날개 같은 그녀의 속적삼에 손을 얹었다.

상업은 태철의 손을 뿌리치지 않았다. 내 마음으로 지존의 옥수玉手라 여기면 그뿐이지. 회임. 반드시 회임해야 한다. 언제 또 기회를 잡을 것인가. 지존을 모시는 나인이 궁 밖 출입을 하기가 어디 쉬운 일인가. 철패鐵牌에 어필御筆로 출出 자를 받고자, 일부러 살을 긁어 피를 내고 부스럼을 만들지 않았나. 그러고도 행여 중전에게 들킬까 살이 떨리고 오금이 저리지 않았나. 주상은 쇠약하고 중전은 감때사납다. 주상은 중전 눈치를 보는 사람. 홀로 무언가 도모하려 하다가도 중전이 큰 소리로 울부짖으며 자결하겠다고 협박하면 그것으로 끝.

중전은 겉으론 내가 승은했다는 사실을 인정하지 않지만, 속마음은 다르지. 나를 원수처럼 미워하고 죽이고 싶어해. 내 눈엔 그게 보여. 때를 보아 나를 죽일 테지. 기필코 죽일 테지. 허나 내가 생산하면, 왕위와 아무런 상관이 없는 옹주를 낳으면, 중전으로서 어쨌든 은혜를 베푸는 흉내라도 내야 하니까 작으나마 봉작을 주고 조용히 살게는 해줄 테지. 적어도 버러지처럼 짓밟혀 죽는 꼴은 면할 테지.

상업은 부끄럼을 타지 않았다. 방장房帳 사이로 스며든 희미한 달빛으로나마 눈 똑바로 뜨고 태철의 얼굴을 바라보았다. 생불이라고? 소현세자의 일곱째 아이라고? 그러고 보니 이목구비가 주상과 엇비슷한 듯도? 주상이 큰아버지 소현을 닮았다고들 하더라니. 적임자일세. 적임자야. 항아님이 잘 고르셨어.

지극한 정성으로 하늘도 감동시켜야 한다고, 예옥은 말했다. 왕손을 잉태할 날이오. 이날을 위해 꼬박 백일을 목욕재계하고 기도했다오.

예옥은 아기 방각시를 돌볼 때처럼 일일이 상업을 챙겼다. 상업은 예옥이 시키는 대로 꿀물로 세수하고 창포물에 머리 감고 난초 끓인 물에 목욕했다. 얼굴에는 봄 구름처럼 가벼운 밤 화장을 하고 머리털에는 동백기름을 발라 난새의 깃털처럼 늘어뜨렸다.

옥반가효를 사이에 두고 수작하는 흥취까지 더했으면 얼마나 좋겠소만… 바라건대 초양왕과 무산신녀의 운우지락雲雨之樂을… 원앙금침까지 깔아준 예옥이 말을 맺지 못하고 물러갔다. 음양을 모르는 여인이 운우지락을 입에 담은 것이 민망했을까. 운우지락. 왕과 두 번 동침해 본 상업 역시나 운우지락 따위는 알지 못했다. 왕은 상업보다 더 불안해했고 상업은 옥체玉體에서 나는 너무 짙은 사향 냄새와 종기 썩는 냄새 때문에 숨이 막혔더랬다.

사내의 민머리에서 싱그러운 솔향이 난다. 사내가 상업의 젖꼭지를 문다. 수건의 고가 풀려 사내가 눈을 끔벅거렸다. 상업이 얄캉한 잔허리를 배틀며 사내의 민머리를 힘차게 끌어안자, 사내가 눈을 감았다.

수밀도를 맛보았으니 그 아래 향초 우거진 덤불을 탐해볼까. 사내의 뜨거운 입술이 닿는 곳마다 방울방울 이슬이 맺혔다. 옥문 빗장은 진즉 열렸다. 구름과 비, 뒤엉키어 이슬 뿌리다 마침내 천둥 번개를 벗하는… 이윽고 천둥 번개 잦아들자 향기로운 꽃물, 금침을 휘적시는… 아아, 상업이 더운 숨을 몰아쉬다 문득 생각한다.

이것이 운우지락이로구나.

늙은 궁인과 여종

이 이야기는 예옥에게서 들었다. 나는 예옥이 해주로 떠나기 전날 온밤을 함께 보내며 만단정회萬端情懷를 풀었다. 정표로 은가락지 한 쌍을 나눠 끼었다.

을묘년(숙종 즉위년)[13] 자하문 밖 예옥의 집

　벗이여.
　무사히 풀려났단 기별 받고 기쁘고 고마워 한나절을 울었다오.

---

13 1675년

십년감수란, 정녕 이런 때를 두고 이르는 말이리라.

내가 감찰상궁을 할 때 웃전의 명으로 불시에 궁인들을 벗기어 둔부를 검사한 적이 있었소. 서로 은애하는 궁인들끼리 영원을 기약하며 한 사람 오른쪽 둔부와 다른 사람 왼쪽 둔부에 달月을 새기는 일이 유행했거든. 달을 두 개 합치면 벗이 되잖소. 그게 무에 그리 큰일이라고 행여 달을 발견하면 달군 인두로 둔부를 지져 그 달을 없앴다오. 그때 내 알량한 권력으로 마흔 넘은 궁인은 제외했다오. 제조상궁도 모르는 척 눈감아줍디다.

때로는 늙음이 방패가 됩니다.

이내 늙은 목숨을 걸고 반드시 지킬 것을 지키겠소. 그 걱정은 하지 마오. 부디 그 걱정은 하지 마오.

예옥은 거기까지 쓰고 종이를 물에 씻었다. 어차피 보내지 않을 편지. 그만치라도 쓰고 나니 식은땀 흐르고 손발 떨리는 증이 사라진다.

이제는 벌렁거리는 심장을 다잡고 머리를 써야 한다, 머리를. 지킬 것을 지키겠노라 약속했으므로.

상업을 아껴주던 대비가 청천벽력같이 승하했고 마땅히 아비 역할을 해야 할 임금마저 잇따라 승하했다. 상업은 해

산한 지 세 이레도 지나지 않아 내옥으로 끌려갔다. 가리고 또 가리고 숨기고 또 숨겼건만 상업이 아이를 낳은성싶다는 소문이 중전, 아니 하루아침에 과부가 되고 대비가 된 여인의 귀에 들어갔다. 그녀는 제 눈으로 본 것, 제 귀로 들은 것을 제멋대로 해석하고는 그것만이 진실이라는 사람. 칠석날 다례 때, 시어머니 초상을 치를 때, 입시[侍]한 복창군의 눈길이 줄곧 상업의 꽁무니를 쫓았고 상업의 얼굴빛이 붉어졌다, 내 눈으로 똑똑히 봤다, 지금 천한 궁인들이 무어라 쑥덕거리는 줄 아느냐, 내 귀로 똑똑히 들었다, 왕가의 명예가 땅에 떨어졌느니라, 저 더러운 연놈을 그냥 두고 볼 참이냐, 고래고래 소리 지르며 임금 아드님을 압박했다. 상업은 선왕의 골육인 척 위장하려 했던 핏덩이를 두고 생사의 기로에 섰다. 선왕이 앓다가 급작스레 승하하는 와중에 회임 사실을 공론화할 기회를 놓친 데다 고추 달린 아들을 낳고 보니 좁쌀만 한 희망도 품기 어려워 곧바로 젖 말리는 약을 먹었다. 아이는 예옥이 떠맡았다. 마침 예옥의 몸종 매화가 딸을 낳았다. 매화가 두 핏덩이에게 젖을 물리는 동안 예옥은 미역국을 끓이고 기저귀를 빨았다.

애초에 복창군과 연루된 일이 없기에 상업은 떳떳이 결백을 주장했다. 별다른 증거도 나오지 않았고 증인도 없어

137

서 일단은 무죄 방면이 됐다. 그러나 대궐에서 가장 높고 귀한 여인의 눈 밖에 난 상업의 처지가 온전할까.

끝내 유배를 보낼 것이고 끝끝내 사약을 내릴 테지. 울며 날뛰고 죽겠다는 협박을 하여 임금 남편을 이긴 여인인데 임금 아들인들 못 이길까. 더 쉽게 이기겠지.

예옥은 젖은 종이에 다시 붓을 댄다. 글씨가 형체 없이 번진다. 그래도 쓴다. 쓰지 않으면 지레 죽을 것 같아서.

벗이여.

천지신명께 비옵기는 한 존귀한 여인이 급사하기를. 하루라도 빨리 급사하기를.

나는 무슨 일이 있어도 우리 아기를 지킬 테요. 우리 아기. 아기를 데리고 멀리 떠나려 하오. 아기는 진짜 부모를 모르고 자랄 것이오. 나와 매화가 어미 노릇을 할 참이오. 아기가 아비를 물으면 아비는 지나가는 길손이었다고 말할 테요. 한 가지 약속할 수 있는 것은, 내 피를 받아 목을 축이고 내 뼈를 고아 국을 끓이더라도 아기를 살릴 것이오.

벗이여,

우리 아기를.

종이를 세수 그릇에 던져넣고 예옥이 매화가 있는 방으로 건너갔다.

군불을 넉넉히 땐 덕에 방바닥이 뜨끈뜨끈하다. 매화는 옷고름을 풀고 양팔로 두 아기를 안은 채 졸고 있었다. 아기들도 쌔근쌔근 잠들었다. 매화의 부푼 젖가슴 위로 푸르스름한 핏줄이 도드라졌다.

"매화야."

놀란 매화가 서리태처럼 새까만 눈동자로 예옥을 쳐다보았다. 소싯적에 열병을 앓은 탓에 어버버 소리밖에 내지 못하는 비녀婢女. 밤길에 겁간을 당하고 아비 모르는 딸을 낳은 어미.

예옥이 아기들을 하나씩 받아서 요때기 위에 누이고는 매화의 손을 잡았다.

"매화야. 내 말을 들어라. 허투루 듣지 말고 진심으로 들어라. 이제 나는 네 주인이 아니고 너는 내 종이 아니다. 우리는 이 두 아이를 키우는 어미다. 너도 알다시피 나는 쇠약하다. 내가 죽으면 네가 이 아이들의 하나뿐인 어미가 되는 거다. 어미는 자식을 위해 죽을 수도 있는 사람인 줄, 너도 알지?"

말소리를 못 낼 뿐이지 눈치는 빠한 매화의 눈망울에 이슬이 맺혔다. 예옥이 고개를 끄덕이자 매화도 고개를 끄덕인다.

"내일 먼동이 트자마자 떠난다. 보따리는 지금 꾸려야 한다. 바로 지금. 값나가는 것, 꼭 필요한 것만 챙기고 나머지는 모두 아궁이에 던져넣자꾸나."

다섯째

자칭 왕손과 협녀

이 이야기는 홍예형에게서 들었다. 당시 홍예형은 칼날 위를 걷는 심정으로 하루하루를 살아낸다고 했는데, 어찌하여 그 칼날에 스스로 목을 들이미는 어리석은 결정을 내렸을꼬? 돌이켜 생각하매 딱하고 가여워 눈물을 참을 수 없다.

병진년(숙종 2년)[14] 소요산의 어느 봉분 아래
봉분 아래 망주석 자리에서 처음 만난 암수 짐승처럼 엎치락뒤치락한 뒤끝이 뜻밖에 평온하다. 예형은 오른팔로 태철에게 팔베개를 해주고 왼손으로 그의 민머리를 어루만졌다.

---

14 1676년

큰 봉분 아래 누워 자그마한 봉분을 팔뚝으로 떠받치고 희롱하는 이 느낌, 좋구먼. 그나저나 내 품에 안긴 이 봉분은 방금 벌초를 했나. 가칠가칠 끼끗한 데다… 싱그러운 풀 냄새도 나고. 좋구나. 좋고말고. 개견^犬 자 서방놈 머릿기름 냄새보다야 좋고말고.

태철은 예형의 가슴골에 코를 박은 채 단잠에 빠져있다. 예형이 태철의 정수리를 검지와 중지로 건드리곤 귓바퀴를 잡아 늘였다.

"그만 자우. 벌건 대낮에 웬 잠이 이렇게 꼬리가 길답니까? 남의 무덤 범한 죄로 저승사자한테 덜미라도 잡혔수?"

예형이 쿡쿡 웃는 바람에 태철의 머리통도 달싹댔다.

기자斬子 평계 대고 문수사와 원통암을 제집처럼 드나든 지는 오래이나, 남장하고 말을 탄 것은 처음이다. 변경 시절의 협녀로 돌아간 듯 시퍼런 호협豪俠의 감각이 온몸의 핏줄에서 되살아나는 기분이다.

변경에서 자랄 때 또래들은 자기네 사이에 다툼이 일어나면 시시비비를 가릴 판관으로 예형을 지목하곤 했다. 예형은 무리를 이끌고 북방의 산맥과 들판을 헤집고 다니는 협녀였더랬다.

그 시절 예형을 졸졸 따라다니던 그 천둥벌거숭이 사내

아이와 혼인했더라면? 예형과 눈이 마주치면 언제나 헤벌쭉 웃던 아이. 눈에 띄기만 하면 잡아먹지 못해 안달 난 개견犬 자 서방을 생각하고 그 아이를 떠올리니 속울음 같은 그리움이 명치끝을 치받고 올라온다. 숙부의 농간만 아니었더라도 허울 좋은 정승 집 외며느리가 되어 비열한 서방의 압제를 받고 사는 일 따위, 없었을 텐데.

그래도 예형은 안팎으로 눈치를 봐가며 시나브로 간담을 키워왔다. 기질에 맞지 않는 반가 부녀의 본분에서도 깔짝깔짝 벗어났다. 비슷한 처지의 여자들, 그러니까 한양 권문세가 서얼의 처실妻室이나 소실, 중인 집안의 부녀 등이 변경의 또래들처럼 예형을 판관으로 또 해결사로 인정하고 존중해주었다. 예형은 그녀가 속한 사회의 협녀였다.

그끄저께 예형은 부원군의 소실이 된 친동생 진웅의 집에서 한 역관의 처를 만나 사소한 문제를 들어주었다. 그리고 진웅과 회포를 풀며 하룻밤 더 유하던 중에 진웅이 보관해둔 옛 정인情人의 의관 일습을 발견했다. 그저 호기심에 입어봤는데 치수를 재어 맞춘 것처럼 꼭 맞았다. 말 타면 견마 잡히고 싶다는 옛말은 그르지 않았다. 거추장스러운 치마를 벗어 던지고 보니 말이 타고 싶어졌다. 잼처 말을 빌려 소요산으로 달려왔고 마침 문수사로 오던 중인 태철과 맞닥

뜨린 것이다.

태철도 예형의 기운에 감응한 것인지 오늘따라 더 뜨거 웠고 더 오래 힘썼다. 그랬으니 이 한낮에 이 한데에서 쇠잠 에 빠져든 것이다. 워낙 아이처럼 잠이 많고 아무 데서나 잘 자는 사내이긴 하다. 수년 전, 바로 이 봉분 아래에서 잠자 던 소년 태철을 품었던 기억에 예형은 더 크게 웃었다. 태철 이 비몽사몽 중에도 벙긋벙긋 따라 웃었다. 그 모습이 귀여 워 예형이 태철의 귀를 잘근잘근 깨무는 시늉을 했다.

"이봐요, 스님. 왕손이라 했소? 뿌리를 찾고 싶다 했소? 내 가 힘 좀 써볼까? 어찌 생각하오?"

불쑥 튀어나온 말에 스스로 놀라 예형이 웃음기를 거두 었다.

세상을 뒤집어엎고 싶어 하는 서방. 갓 혼인하고 꽃잠 자 던 시절, 예형에게 팔베개를 해주고 홍길동 이야기를 들려 주던 서방. 개 고양이 보듯 하는 요즘엔 취중 진담이나 잠꼬 대로 이 더러운 세상 망해야 한다고, 하루빨리 망해야 한다 고, 기필코 망해야 한다고 뇌까리는 서방. 그런 속생각을 내 비칠 때, 술 먹은 개는 빠드득빠드득 이를 갈았다.

그거야 뭐, 예형도 동의하는 바이다.

더러운 세상은 망해야지, 암. 하지만 그놈이 뒤엎어 망구고 새로 만든 세상에서 지금도 눈뜨곤 못 봐줄 지경인 그놈 기고만장과 지랄용천은 더더욱 하늘을 찌를 텐데? 아이고, 그 꼴을 보느니 내가 눈알을 뽑고 만다. 진정 세상이 바뀌어야 한다면 우리 처경 스님 같은 이가 권세를 가져야지.

서방도 스님도 겉보매는 똑같이 잘난 사내인데, 속내평이 딴판이다. 생긴 건 둘 다 탐스러운 자태의 붉은 감이지만, 서방이 떫은 감이라면 스님은 홍시랄까. 먹음직스러운 겉모습에 혹해 베어 물었다간 퉤퉤 뱉어내도 온종일 입에서 떫은 맛이 가시지 않을, 덜된 놈이자 덜 익은 놈이 서방이다. 하지만 처경 스님은 어린아이부터 늙은이까지 모두 좋아할 달보드레한 홍시. 더구나 여인의 마음을 읽고 아픈 데를 고쳐주는 능력을 보면 그가 장안의 여인들 사이에서 생불 소리를 듣는 연유를 알 만하다. 생불 같은 사내가 만드는 세상은 좀 다르지 않을까?

정승 집 개도 삼 년이면 육갑을 한다는데, 예형이 권력의 맛을 모른다고는 할 수 없다. 그게 허 정승의 권력에 기생하는 허견, 허견에게 매인 홍예형의 호가호위狐假虎威라 할지라도. 실제로 서방은 엄청난 권력을 누리고 휘두른다. 그러면서도 어미가 천출인 탓으로 응당 제 몫이어야 할 권력의 다만 한 귀퉁이만 겨우 가졌다고 노여워한다.

권력이란… 대체 뭘까? 가질수록 더 갖고 싶은 것? 권력의 복잡다단한 켯속이야 아는 바 없으나, 명색 협녀로서 권력의 틀을 바로 세우는 데 불쏘시개 역할 정도는 할 수 있지 않을까?

예형이 기연가미연가하며 더운 숨을 내쉴 때, 비몽사몽 간에 예형의 말을 알아들은 태철이 눈을 떴다. 희디흰 갈매기 떼가 창공을 꿰뚫듯 날아가는 환상이 보였다. 서서히 흐릿한 기를 걷어낸 눈동자가 예형에게 초점을 맞추었다.

힘을 써준다고? 이 여인이? 여인이 힘을 써준다는 게 무슨 뜻일까….

불현듯 태철의 머릿속에서 언젠가 사형 원정이 귀에 대고 소곤거리던 말이 가물거렸다.

'허 정승 댁의 권세면 우리 절 같은 말사는 하루아침에 도륙을 낼 수도 있다네.'

그러한가? 정녕 그러한가? 하기는 이 여인이 정승 집 외며느리랬으니. 정승 시아버님께 이 몸이 돌아가신 소현세자 저하의 일곱째 자식이라고 아뢰어준다는 뜻? 그다음엔 정승이 나를 데리고 나라님 배알을 하겠지. 나를 보시면 나라님은 뭐라고 하실까? 아아, 내 혈육이여, 고귀한 혈육이여, 하시며 맑은 눈물을 뚝뚝 흘리실까.

종일이라는 이름의 늙은 궁인이 하염없이 흘리던 눈물 두 줄기를, 태철은 떠올린다. 태철이 소현의 핏줄임을 알게 된 순간부터 궁인은 눈물을 멈추지 못했다. 궁인이라면 핏줄로는 생판 남인데도 그러했다. 그런데 나라님은 핏줄이다. 핏줄, 사람을 그 근원으로 인도하는 신비.

그 자리에서 곧바로, 무어 다른 생각을 할 겨를도 없이 핏줄이 확 끌어당기지 않을까?

태철이 팔뚝에 오스스 돋은 소름을 쓸어낸다.

과연? 과연 이런 일이 쉬 이뤄질까?

숱한 여인에게서 사랑받고 어디서나 단잠을 자는 이 삶을 영영 잃게 되면 어쩌나?

천 길 낭떠러지 위에 선 듯, 태철은 시방 오금이 저리고 장딴지에 쥐가 나고 오줌이 마렵다.

하지만 이런 기회가 다시 올까? 종신토록 부평초처럼 떠돌다 사라져야 옳을까? 티 없이 희디흴 나의 근원, 나의 뿌리, 나의 처음을 찾을 기회가 왔다면 한 발 내딛는 수밖에 없지 않을까? 천 길 낭떠러지라고 죽는 길만 있으려고? 내 겨드랑이에서 날개가 돋을 수도 있는 거지. 어디선가 날개 달린 말이 나타나 나를 태우고 날아오를 수도 있는 거지. 아무렴.

151

태철이 고개를 끄덕이자, 예형이 태철의 뺨에 꽈리 입술
을 갖다 댄다.

영의정과 좌의정

이 이야기는 홍예형이 제 손으로 제 발등을 찍은 줄 모르고 자못 들떠 원통함을 들락거릴 때 들었다. 나중에 예형의 옥바라지를 감당한 홍진웅에게서 들은 얘기도 있기에 둘을 섞어 일의 앞뒤를 꿰어맞추었다.

같은 해, 한양 사직동 허적의 집

하오의 햇살이 비낀 사랑방은 절반만 훤하다. 어두운 쪽에 꿇어앉은 견의 귀에서 금귀고리가 반짝인다. 영의정 허적이 곰방대를 내려놓고 아들 견이 내미는 왜능화지倭菱花紙를 받아들었다. 종이가 얼룩덜룩하다.

"능화지가 새것이라 일부러 더럽혔습니다."

견의 가무스름하니 윤기 도는 볼에 홍조가 일었다. 며칠 근신謹身하느라 좀이 쑤시던 참에 재미난 놀거리가 생겼다는 낯빛이다.

허적이 눈살을 찌푸렸다.

"경망스럽구나. 네가 대흥산에서 저지레만 치지 않았어도 이따위 일을 번거로이 급조할 까닭이 무엇이냐?"

"그거야 서인들이 호시탐탐…."

"그래, 서인들이 호시탐탐 노리고 있는 줄을 번연히 알면서, 무슨 생각으로 천하의 상한常漢들을 모아 군사놀이를 했더냐? 재상가와 연관이 있고 보면 한낱 노비의 행실조차 간사한 사람들의 구초에 오르기 십상이거늘, 하물며 네 마음과 몸가짐이 어떠해야 하겠느냐?"

견이 입을 빼물면서도 고개를 떨어뜨렸다.

허적이 길게 혀를 차고는 종이를 펴들었다. 언문으로 '소현 유복자, 을유 사월 초아흐레생'이라는 한 줄 문장이 씌어 있다. 아래쪽에는 '강빈姜嬪'이라는 두 글자.

"그자가 쓴 글씨가 맞느냐?"

허적의 목소리가 그새 누그러져 있다.

"예. 확실합니다."

"좌상이 보기에는 어떠하오. 증거물이 될 만하오?"

허적이 권대운에게로 종이를 넘겨주었다. 권대운이 입가를 슬쩍 비틀었다.

일인지하一人之下 만인지상萬人之上. 허적에게 그 일인은 어쩌면 왕이 아니라 마흔 넘어 얻은 외아들일지 모른다.

"이것이 이른바 소현세자의 일곱째 소생을 사칭한 요승이 감히 영상대감을 찾아와 내보였다는 강빈의 수적手迹이란 말씀이지요?"

"허허. 그런 셈이오."

허적이 민망스러운 웃음을 웃었다. 양주에 그런 요승이 있다는 말은 며느리에게서 처음 들었다.

미쳤거나 죽을 자리를 모르고 뛰어드는 불나방 같은 자로다. 강빈에게서 유복자를 의탁 받은 보개산 비구니가 남몰래 그 아기를 빼돌려 모처에서 길렀다는 낭설이야 이십 년 전부터 항간에 떠돌던 것이다. 그 유복자가 고난과 시련을 극복하고 요순 같은 왕이 되어 태평성대를 열 거라는 이야기도 민심이 항용 그리는 허무맹랑한 꿈일 뿐.

"너는 명문가의 아녀자로서 무슨 연유로 그런 땡추를 입에 올리느냐? 요즘 아녀자들이 수십 리 밖 절집을 제집 안방처럼 나들며 도리를 그르친다더니 너도 설마 그런 패악한 무리에 끼었더냐?"

그렇듯 엄히 며느리를 신칙한 다음 날, 서인 세력이 견의 행동을 물고 늘어질 거라는 첩보가 들어왔다. 언감생심 왕손이라 주장하는 땡추중은 뭇 시선을 돌릴 맞춤한 희생자였다. 당장 며느리를 절집으로 보내 땡추를 데려오게 했다.

"증거물 될 만한 것이라면 뭐든 지참하라 일러라. 강빈의 수적 같은 것이 있으면 좋으련만. 소현의 유복자라면 을유 사월 초아흐레생生일 터. 여염집에서도 갓난아이를 못 키울 처지일 때는 생년월일을 써서 남의 대문 앞에 놓고 가거늘 하물며 강빈이 유복자를 궁 밖으로 빼돌리면서 생년월일 조차 손수 써 보내지 않았으려고?"

윌총 좋은 며느리는 시부의 말을 한마디도 빠뜨리지 않고 땡추에게 전달했다.

권대운이 엄지로 콧방울을 문지르며 말한다.

"소현의 상喪이 사월 스무엿새 날이었지요. 그런데 사월 초아흐레생이 유복遺腹이라 일컬었으니 이미 크게 틀렸고, 또 강빈이라는 칭호도 그 당시에 일컬었던 바가 아니며, 글씨의 자획도 단정치 않습니다. 누가 봐도 무식하기 짝이 없는 요승이 만들어낸 엉터리 수적인 성싶소이다."

"나는 칭병稱病할 터이니 좌상이 나서서 처리하오."

"그러리다."

권대운의 시선이 견을 향했다.

"이보게, 노직. 요승의 거처라든지 인맥 따위는 미리 다 파악해 두었겠지?"

견이 고개를 조아린다.

"여부가 있겠습니까?"

권대운이 실눈을 뜨고 허적을 바라보았다.

"판의금부사와 연통하는 일은 제가 알아서 하지요."

허적이 곰방대를 물며 고개를 끄덕인다.

남과 여

이 이야기는 아무에게서도 듣지 못했으나, 가까이에서 내 눈으로 본 것처럼 생생하다. 글 쓰는 이의 머릿속이란 때때로 꼬리 아홉 개 달린 여우처럼 요술을 부린다.

같은 해, 원통암

태철이 자리보전을 한 지 닷새째다.

영의정 집에서 융숭한 대접을 받고 돌아온 다음 날. 마음이 달떠 우왕좌왕하던 태철은 단풍이 골붉은 계곡으로 가서 홀딱 벗고 목욕을 했다. 내친김에 폭포 아래 앉아 삼복, 칠석, 백중, 처서에나 하던 물맞이까지 했다. 심신을 정화하고 싶었다. 가을 날씨가 웬 변덕이 그리 심한지 점심 나절께부터 회오리바람이 불고 우박이 내렸다. 폭포수 아래에선 멀쩡하던 몸이 돌아오는 길에 세찬 바람과 우박을 맞곤 뼛속 깊이 한기가 들었다. 그날 밤부터 신열이 끓고 뼈마디가 삭는 듯하여 갱신을 하지 못했다.

이제껏 아기처럼 태철에게 의지하던 애숙이 태철의 발치에다 개울물에 말갛게 부신 요강을 놓아주면서 둘의 역할이 바뀌었다. 애숙은 더듬거리며 아궁이에 불을 피우고 개울에서 물을 길어왔다. 가마솥에 물을 끓이고 미음을 쑤었다. 그 와중에 무릎을 다치고 손을 데었지만 개의치 않았다. 애숙은 수건을 뜨거운 물에 적셔 태철의 온몸을 구석구석 닦아주기도 했다.

애숙이 한 손으로 태철의 머리를 받치고 한 손으로 태철의 입을 벌렸다. 빻은 소금을 묻힌 검지를 곧추세운 채.

"아아 하세요."

애숙이 태철의 이를 닦아주고 입가심까지 시켰다. 물그릇을 윗목으로 치운 애숙이 태철의 이마를 짚어본다. 부다듯이 뜨겁다. 그런데도 태철은 이불깃을 콧등까지 끌어당기며 부르르 떨었다.

"이리 열이 나는데도 추워 죽겠습니다. 무슨 조화인지…."

애숙이 요 밑으로 손을 넣어보았다. 요가 눌어붙지나 않을까 걱정될 만치 방바닥은 절절 끓었다.

태철이 몸을 떨다 못해 이를 딱딱 부딪치기까지 하자, 애숙이 속곳까지 다 벗고 태철의 옆자리로 파고 들어갔다. 애숙이 태철의 입술에 제 입술을 포개고 혀를 밀어 넣었다. 태철이 낚싯줄에 걸린 물고기처럼 퍼덕퍼덕했다.

"아이고 자련 보살님… 이러다 고뿔 옮으면…"

애숙이 태철에게 제 온몸을 찰싹 붙였다.

"옮아도 돼요. 옮고 싶어요. 스님과 함께 앓을래요."

애숙의 알몸이 태철을 꽁꽁 싸안는다. 태철의 오한이 시나브로 잦아든다. 여자의 품에서 태철은 졸리고 나른하다. 태철은 때때로 애숙의 젖을 빨거나 만지며 깊이 잠들었다.

애숙은 태철을 껴안고 또 껴안아도 모자란 듯 속속들이 껴안는다. 아기처럼 쌕쌕거리는 태철의 숨소리가 듣고 또 들어도 모자란 듯 절박하게 귀 기울인다. 마른 수수 냄새가 나는 태철의 정수리에 코를 대고 욕심껏 숨을 들이마신다.

잠든 태철의 옥근은 번데기처럼 얌전한데, 애숙의 옥문은 고요히 젖는다.

애숙은 옹근 사십여 년 여자로 살면서 단 한 번도 스스로 젖은 적이 없었다. 사내의 딱딱한 양물이 옥문을 파고 들어와 철퍼덕거릴 때 애숙은 그저 찢기는 듯 따갑거나 아팠

다. 순둥이건 주인마님이건 주인마님의 외사촌이건 금귀고리를 단 객이건 간에 다 그랬다. 애숙은 그럴 때마다 정신을 몸뚱어리에서 분리하여 남의 일처럼 불쌍해하며 저를 바라보곤 했다. 그런데 지금 애숙은 몸과 정신이 따로 놀지 않고 한껍에 황홀하다. 나뭇가지를 흔드는 밤바람처럼 그의 몸을 흔들다… 방구들을 데우는 아궁이의 불기운처럼 그의 몸을 데우다… 끓는 가마솥의 습기가 부뚜막으로 번지듯 그의 몸에 번지다… 이윽고 스며들다… 마침내 새벽이슬에 휘적신 풀잎과 같이 홀로 흥건한 사타구니.

산 아래에서부터 올라오는 말빌굽 소리, 점점 가까워지는 뭇 사람의 인기척.

애숙은 다 들으면서도 모르쇠를 놓는다. 아프지 않은 날의 기억이 없는 몸이 이 밤, 처음으로 한 오라기의 아픔도 없이 상쾌하니… 본래 시끄러운 사바세상 따위야 좀 더 시끄럽든 말든.

태철도 잠결에 어리마리 들리는 그 소리를 무시한다. 팥죽땀을 흘리고서 온몸이 개운해진 뒤끝이라 반쯤 깬 의식이 사뭇 밝은 쪽으로만 흐르려 든다.

이 짙붉은 꽃잎을 누가 뿌렸나, 관세음보살, 관세음보살. 이 향이 어디서 오는가. 아마도 수미산, 수미산이려니.

판의금부사와 승려

이 이야기는 큰집 장조카인 금부나장에게서 들었다. 제 눈으로 보고도 믿을 수 없었다고, 조카는 여러 번 팔뚝에 돋은 소름을 쓸어내리며 몸서리를 쳤다.

그는 하나뿐인 숙모를 각별히 섬기는 바, 제가 관여한 일 중에서 숙모가 관심을 보이는 것은 성심을 다해 세세히 일러주었다. 조카가 없었다면 의금부 심문이나 형신에 대하여 내 어찌 상상이나 할 수 있으랴?

같은 해, 한성 훈련도감 북영北營
영의정 허적이 추국장을 둘러본다.
좌의정 권대운, 우의정 허목, 병조판서 김석주, 호조판서 오시수, 이조판서 목내선, 대사헌 김휘, 형조판서 정익, 동부승지 권유…. 영중추부사 정치화는 고뿔이 심하다 했고 사간원헌납 신익상은 외지에 나가 있다. 당직을 서거나 시관試官으로 차출된 홍문관 관리 두셋을 빼면 올 사람은 다 왔다. 쟁쟁한 관리가 서른 명 넘어 참여한 까닭인지 추국이 시작되지도 않았는데, 판의금부사 유혁연이 황소 숨소리를 내더니 미간에 잔뜩 힘을 주고 턱을 당긴다.

유혁연이 소리 질렀다.

"천한 중놈이 우리 거룩한 왕조를 이토록 업신여길 수 있느냐? 네놈이 음흉한 변설로 독살을 부리고 요술로 소민小民을 미혹하다 못해 이제 감히 나라를 속이려 드느냐?"

형틀에 앉은 태철이 정색하고 대꾸했다.

"어이 그런 말씀을 차마 하십니까? 자식이 아비를 찾는 것은 천륜의 도입니다. 당초에는 거짓으로 물에 던졌다고 속이고 다만 담았던 궤櫃만을 던지고는 가만히 제 몸을 뽑아내어 숨겨두고 길렀다 하는 얘기를, 나중에 궁인들에게서 들었을 뿐입니다."

"네놈이 역률逆律로 처형되고자 악을 쓰는구나."

"무릇 아비를 모르는 자는 사람 취급을 하지 않는 것이 이 나라의 관습인데, 천한 중놈이라고 해서 어찌 아비를 찾으면 안 되는지요? 소승이 아비를 찾는 것이 어이하여 역률이 되는지부터 가르쳐주소서."

"이봐라, 저놈을 결박하고 매우 쳐라."

금부나장이 유혁연을 향해 읍하고는 쇠사슬로 태철의 무릎, 허리와 어깨를 얽어맸다. 매질이 시작되었다. 피가 튀고 살이 찢기고, 쇠사슬이 파고 들어간 무릎에서 뼈가 드러났다.

"중놈이 어찌 그리 강악한고? 어서 네놈의 행악을 실토하지 않으려느냐?"

태철이 유혁연을 쏘아보았다.

"실토할 게 무엇이오?"

"강빈의 수적과 서찰, 옥玉 불상, 네가 무도한 생각을 품도록 조종한 무리, 네가 용접容接하고 교결交結한 무리들, 그런 것들을 낱낱이 털어놓으란 말이다."

태철이 실소하며 중얼거렸다.

"나도 모르는 일을 어찌 실토하란 말인가? 손도보다 더한 자로다."

"무어라 지껄였느냐?"

"차라리 나를 죽이라 했소."

"이놈이 누구를 속이려 드느냐? 네가 방금 네 입으로 손도라고 한 것을 내 두 귀로 똑똑히 들었느니라. 가증스러운 중놈, 천하의 패륜아. 이곳에 너를 잘 아는 네 겨레붙이를 불러놓았으니, 어디 끝까지 왕가의 핏줄이라 우겨보든지. 여봐라, 그자를 데려오라."

나장들이 웬 후줄근한 꼬부랑 늙은이를 데려와 꿇어앉혔다. 유혁연이 그를 손가락질했다.

"보아라. 저 노인이 네 외숙이냐, 아니냐?"

외숙은 언뜻 봐서는 딴 사람처럼 폭삭 늙어있었다. 그러나 그 이목구비는… 어미와 흡사하다. 설마 어미도 저만치 늙었을까. 태철의 심장이 조여들었다. 집 떠나던 날, 변소 앞에서 마주쳤을 때 보았던 젊은 어미의 수줍은 미소. 태철의 명치가 쿡쿡 쑤신다. 온몸의 근육이 뻣뻣이 켕긴다.

아아, 내가 손도는 부인할지언정 어찌 어미를 부인할까. 어미를 그저 떠올리기만 하는데도 내 온몸의 핏줄이 얽히고설켜 이토록 조이고 켕기는 것을.

"외숙 맞소."

유혁연이 눈길을 돌려 외숙에게 물었다.

"저 죄인이 누구냐?"

외숙이 납작 엎드린 채 벌벌 떨며 겨우 입을 뗐다.

"소, 손도, 손도 아들, 막둥이, 손태철입니다. 예예. 틀림없습니다요.”

“손도?”

“예예. 평해 아전 손도가 저 아이 아비입니다.”

“그자는 어찌 되었느냐?”

“이, 이태 전에 몹쓸 병에 걸려 죽었다는 소식을 들었습니다요. 예예.”

“확실한가?”

“소인이 초상집에 가본 건 아니고 아는 사람한테서 전해 듣기만 했습니다요. 예예.”

“아는 사람?”

“예예. 손도하고는 일갓집 당숙뻘입니다요. 제 누이를 손도한테 중신한 사람입지요.”

“네 누이, 그러니까 죄인의 어미는?”

“손도보다 일 년 먼저 저세상으로 갔습니다요. 손도가 반병신이고 태철이도 종적이 없어서 소인이 기별받고 평해까지 갔습죠. 예예. 소인의 누이가 죽은 것은 확실합니다요. 소인이 이 두 손으로 초상을 치렀으니까요. 예예.”

외숙이 칭찬이라도 바라는 양 입을 헤벌쭉 벌리고 유혁연을 올려다보았다. 유혁연이 굳은 표정을 조금도 풀지 않고 외숙을 노려보았다. 외숙이 곧바로 이마를 바닥에 찧으며 비손한다.

"아이고 나리. 소인은 저 아이하고 연을 끊은 지 근 십 년이 넘었습니다요. 남남이나 다름없습죠. 예예. 저 아이가 어디서 무슨 못된 짓을 하고 살았는지 소인, 손톱만큼도 모릅니다요. 저 아이가 솜털 보송보송할 때부터 겉모양과 딴판으로 속내가 엉큼하단 걸…."

"그만두어라."

유혁연이 짜증을 냈다.

"여봐라, 저자를 끌어내고 늙은 중놈을 데려오라."

두 나장의 손에 짚단처럼 달랑 들린 채로 자그마한 노승이 들어왔다.

지응 큰스님. 이미 사람의 형상이 아니다.

태철은 까무룩 암흑 속으로 꺼지려는 정신을 추슬렀다.

원정, 그 미꾸리 같은 자는 용케 도망을 쳤나 보군.

유혁연이 묻기도 전에 태철이 답했다.

"그 노승은 오래전에 세속의 말을 잃었소. 숨만 쉬는 허깨비요. 고이 죽을 수 있도록 놔주시오. 모두 내 죄요. 어떻게 엮더라도 내가 다 자복한 셈으로 할 테니 어서 나를 죽이시오."

유혁연이 콧방귀를 뀌었다.

"네놈이 여태 정신을 못 차렸구나. 이 엄청난 일이 벌레한 마리보다 못한 네놈 목숨값으로 갚아질 성싶더냐. 여봐라, 자련이란 계집을 데려오라.”

나장들이 봉두난발蓬頭亂髮한 애숙을 질질 끌고 왔다.

“저놈이 네년의 스승이렷다?”

“눈이 안 보입니다. 만져봐야 압니다.”

애숙의 음성이 뜻밖에 또렷하다.

“여봐라. 저년을 죄인의 앞자리에 데려다주어라.”

나장들이 애숙을 태철의 형틀 앞에 내려놓았다. 꽁꽁 묶인 태철은 움직이지 못하고, 눈먼 애숙은 헛손질만 했다. 나장들이 애숙을 들어 태철의 무릎 위에 올려주었다. 애숙이 태철의 턱에서 입술, 인중, 콧방울, 눈두덩, 이마를 치더듬더니 민머리를 싸안는다. 애숙의 눈이, 우물처럼 충충하고 깊은 눈이, 순식간에 젖어든다.

“아, 아, 스님. 스님 냄새가 나지 않아요. 피 냄새가 너무 진해서. 냄새로는 모르겠어요. 나, 스님을 봐야겠어요. 죽기 전에 스님 모습을 봐야겠다고요. 나한테 스님을 보라고 하세요. 얼른. 스님은 요술을 쓰잖아요? 스님은 생불이잖아요? 고귀한 피를 받았으나 낮고 천한 데로 오신 일곱째 아이잖아요? 얼른. 얼른, 나한테 스님을 보라고, 내 눈에서 어둠을 걷어내라 명하세요.”

애숙이 귓속말을 했다. 태철이 입술만 달싹거렸다. 반은 들리고 반은 들리지 않는다.

고귀한 피 따위, 이젠 나도 믿지 않지만… 자련, 당신이 그리 믿는다면 나는 당신의 일곱째 아이가 되겠소.

태철이 피 울음이 울컥울컥 올라오는 목울대를 세웠다.

"자련 보살님, 어둠을 걷어내고 저를 보세요."

애숙이 자다 깬 어린아이처럼 눈꺼풀을 깜박거렸다. 싸락눈이 보얗게 덮인 인왕산 꼭대기가 보인다. 그 꼭대기에 서서 검정 두루마기를 펄럭, 펄럭, 펄럭거리는 귀신이 보인다. 용마루가 보인다. 처마가 보인다. 그리고 처경 스님. 스님이 보인다. 애숙이 주먹으로 눈물을 털어낸다.

이 원수 같은 눈물. 스님을 더 오래, 더 많이 봐야 하는데.

눈과 눈이 만난다. 태철도 도리질하며 눈물을 턴다.

무릎뼈가 다 뭉개진 피투성이, 살아있는 귀신 형용. 비리고 더럽구나, 보살이여. 내 몸뚱이도 똑같이 비리고 더러울 테지. 겉껍데기를 벗기고 보면 모두 비리고 더러운 것을, 가까이서 자세히 보면 다 비리고 더러운 것을. 이 세상에 한없이 푸르고 흰 곳이 어디 있다고 그곳을 찾아 헤매었더란 말이냐. 내 미몽迷夢에 내가 속았으니, 어리석고도 어리석었으며 어둡고도 어두웠구나, 땡추여. 법法의 터럭 한 오라기도 바로 보지 못했구나, 땡추여.

평생을 사람 잡는 일에 바친 아비, 죄인을 고문하던 손으로 어미를 고문하던 아비. 그 아비를 버렸으면 소요산에서 소요나 할 일이지 무슨 아비를 또 원했단 말이냐. 어떤 아비를 원했던 것이냐. 어떤 아비를 원했건 마음으로나 원할 일이지 구태여 아비를 찾아 무엇에 쓰려 했느냐.

아아, 스스로 가련한 이 여인과 더불어 서로를 무한히 가여워하다 조용히 죽을 것을, 괜스레 천둥벌거숭이로 날치다….

애숙이, 자련이, 눈을 흡뜬다.

"스님, 처경 스님. 죽고 싶어, 죽고 싶어, 몸서리치던 자련이 스님 품에서만은 살고 싶었는데, 이렇게 속절없이 죽어요."

태철이, 처경이, 속삭인다.

"나도 곧 보살을 따를 거요. 당신이 나를 부를 때마다 당신 아이로 다시 태어나 당신의 사랑을 받을 테요. 당신 곁에서 숨 쉬고 당신 곁에서 잠들 테요. 깊이 알 겨를 없었던 당신을 깊이깊이 알아갈 테요."

유혁연은 두 죄인의 괴상야릇한 수작을 당장 끝내야 할지 더 지켜보아야 할지 판단하지 못한다. 호란 때 순국한 부친 유효걸의 정토왕생을 비는 삼천 배를 올린 뒤 내 몸인지 남의 몸인지 분간이 안 되던 어느 여름날. 독경 소리와 향냄새와 한더위에 멍멍해져, 이곳은 어디인가, 나는 누구이며 무엇을 하고 있는가, 어리둥절해하다 문득 뒤돌아섰을 때, 법당 마당에서 피안의 휘장처럼 나부끼던 백일홍 꽃잎, 꽃잎. 이곳과 저곳이 겨우 한 끗 차이인 듯하여 한 발짝만 내디디면 그 피안으로 넘어갈 수 있을 것만 같았던 그날, 그 한때. 유혁연은 그때처럼 얼이 빠졌다.

여섯째

영의정의 외아들과
그의 아내

이 이야기는 점동에게서 들었다. 그는 허견의 대솔하인으로 지근거리至近距離에서 허견을 보필했지만, 마음속으로는 홍예형을 받들었다. 예형이 친속상간親屬相奸의 누명을 쓰고 투옥된 후 점동은 나를 찾아와 밤새 술 마시고 울며 예형을 연민했다.

기미년(숙종 5년)¹⁵ 한양 사직동 허적의 집 별당

"개 같은 년, 네년이 감히 누구에게 훈계를 하느냐?"

견이 예형의 뺨을 쥐어박았다. 꽈리 네 개를 붙여놓은 듯한 예형의 입술 한쪽이 실그러지며 핏방울이 튀었다. 예형이

---

15 1679년

소맷자락으로 입술을 훔치며 견을 쏘아보았다.

개 같은 년? 다행이네. 홍순민 절도사께서는 나를 개 취급도 안 해줬거든. 개는 사냥터마다 데리고 다니고 고깃점 붙은 뼈다귀도 던져주고 털도 쓸어주면서, 당신 혈육인 나는 알은체도 하지 않았지.

"뭘 노려봐?"

"서방님!"

예형이 한 걸음 다가섰다.

"이년이? 눈깔을 확 뽑아버릴까 보다."

견이 주먹을 흔들다 제풀에 두어 걸음 물러섰다. 예형이 입술에 묻은 피를 혓바닥으로 핥으며 눈을 내리깔았다.

겁나느냐? 마누라 겁내는 놈이 집구석에 남의 유부녀는 왜 끌어들였느냐? 소가 웃을 노릇이로고. 네 야비한 낯바닥에 내 피 섞인 침을 열두 번 뱉어주어도 모자랄 터이나 네 놈 손아귀에 든 유부녀가 불쌍해서 일단 한 번은 참아준다.

"성내지 마시고 제 말씀을 들어보세요. 시방 이차옥이 이 집에 있는 줄 아는 사람이 없지 않습니까? 친정에서는 시집에 있는 줄 알 테고 시집선 친정에 있는 줄 알 테니, 아직은 사달을 막을 시간이 있습니다. 때를 놓치지 마시고 두 집에 사람을 보내 통기하세요. 차옥이 문수사에서 발복發福 기도를 올리고 있으니 조금도 염려 말라고요. 그럼 제가 차옥을 데리고 문수사에 가서 며칠 정양을 시키며 마음을 안정시킨 연후에 시가에 데려다주겠다지 않습니까?"

견이 콧방귀를 뀌었다. 귀가 솔깃한 제안이기는 하지만, 상대가 예형이기에 믿음이 가지 않는다.

"고양이 쥐 생각을 한다고 해라. 네년이 언제부터 서방 생각을 그리했다더냐? 필시 네년이 차옥을 빼돌렸다가 내 뒤통수를 치려는 수작이 아니냐?"

고양이?

뒤통수?

두 번은 못 참는다.

예형의 얼굴이 성난 고양이 형상으로 변한다. 욱성이 치밀고 협기가 북받친다. 예형의 열 손가락이 고양이처럼 잽싸게 견의 얼굴을 할퀴었다.

"에라이, 이 암고양이 자지 베어먹을 놈아. 천하의 홍예형이 네놈 같은 인간인 줄 알았느냐?"

견이 피하느라고 피했지만, 양쪽 뺨에 붉은 생채기가 대여섯 줄은 났다. 살이 찢겨져 피가 배어 나오는 데도 있다.

"개똥보다 던지런 놈아, 오입질을 하더라도 곱게 하지 그러느냐? 기생년, 종년, 두름으로 해 처먹고 쾌로 해 처먹더니 하다 하다 이제는 남의 유부녀를 집구석에까지 납치해 데려오느냐? 하늘이 무섭지 않으냐?"

예형이 사설을 늘어놓는 틈을 타, 견이 오른손으로 예형의 머리채를 휘어잡고 꺼둘렀다.

"하늘?"

예형의 머리채에서 비녀가 떨어져 날아갔다. 견이 왼손으로 예형의 정수리며 어깨며 귀뺨이며 꽈리 입술을 마구 때렸다.

"내가 네 하늘이다, 이년아. 계집붙이한테는 서방이 하늘인 줄을 몰랐더냐? 네년이야말로 하늘이 무섭지 않으냐?"

오호, 그래? 빌어먹을 하늘 한번 치받아주지.

예형이 어깨를 낮춘다.

더, 더. 더 낮춰야 해.

열네 살 때, 호시탐탐 나를 노리던 숙부 홍양민, 그놈의 부자지를, 이렇게 몸을 낮추고 장딴지를 한껏 당겨선…

더는 안 돼. 머리 가죽이 벗겨질 것 같아. 그렇다면 지금이지!

예형의 머리통이 솟구치며 견의 턱을 올려붙인다. 동시에 예형의 무릎이 앞으로 나간다. 둥그런 종지뼈가 견의 부자지를 타격한다.

"네놈만 역천逆天하고 싶은 줄 아느냐? 나도 네놈 밑에서는 못 살겠으니 역천 좀 해보련다."

예형이 그예 견의 얼굴에 침을 뱉고야 만다.

견은, 아랫도리를 붙들고 허청허청 뒷걸음질하다 바람벽에 부딪혔다. 다릿심이 풀렸는지라, 그대로 주저앉았다.

"저, 저, 점동…."

문밖에서 안절부절못하고 이름 불리기만 기다리고 섰던 시노侍奴, 점동이 방문을 부술 듯 밀어붙이며 달려들었다.

"아이고, 나리, 나리. 이게 어인 일이십니까요."

점동의 곁부축을 받고 일어선 견이, 입안에 든 것을 뱉어냈다. 팥알 같은 피 찌끼. 그리고 부러진 앞니.

견이 점동을 떠밀었다.

"저년을 잡아야지 왜 나를 잡고 있느냐. 저년을 붙들어라. 내, 단매에 요절을 내고 말리라."

점동에게는 홍예형이 내실의 안주인이다. 감히 손을 댈 수 없다. 점동이 우물쭈물하는 사이, 홍예형이 열린 문으로 뛰쳐나갔다. 너더댓 비복들이 물러서며 길을 내어주었다.

"뭣들 하느냐? 저년을 붙들어 결박하라. 내, 저년을…."

견이, 눈을 희번덕거렸다.

"내, 저년을 결단코 물고를 내리라. 몽둥이를 가져오너라.

아니, 도끼, 도끼를 다오."

톳마루를 내려오다 비틀 쓰러지는 그를 누군가 붙들어 세웠다.

"도끼 가져오라니까?"

견이, 눈을 끔벅거렸다.

이게 누구야?

"이보게, 노직, 나를 몰라보겠나? 날세, 나. 자네 사촌."

몰라보긴.

"남의 내실에 어인 행차시오니까?"

견이, 미간을 찌푸렸다.

"섭섭한 말씀 마시게. 사촌이 남인가? 하하하."

키 큰 사내가 눈치 없이 파안대소한다. 눈치가 없어도 너무 없어 일찌감치 사류에서 배척당한 인사답다.

유철.

허적이 소박 놓은 재취 여흥 민씨의 조카이니, 피 한 방울 섞이지는 않았으나, 구태여 촌수를 따지면 견과 이종사촌이 된다.

여하튼, 너, 잘 왔다. 마침 잘 왔다.

견이 입아귀를 실룩거리는 모양이 얼핏 웃는 듯도 했다.

"이 사람 노직. 조강지처를 죽였다가 그 뒷감당을 어이 하려 하나? 좀 모자라고 좀 패악스럽더라도 기왕 내 집안사람이 된 여인인데 너그러이 다스려야지. 계집이란 사내가 다스리기 나름인 게야. 안 그런가? 하하하. 하하하.”

유철이 또 웃는다. 웃으며 견의 겨드랑이를 붙든 손에 힘을 주었다. 눈도장을 확실히 찍겠다는 심산으로 눈에도 힘을 준다.

“내가 자네 한번 만나려고 이 집을 얼마나 들락거렸는지 아는가? 미인을 연모하는 사내인들 나만큼 지극정성을 바치진 못할걸게. 하하하.”

“번듯한 반갓집 적자께옵서 천하디천한 얼자를 만나려고 그리 애를 쓰셨다니 그저 감읍할 따름이외다.”

견이 주변 비복들 들으라는 듯 또박또박 끊어 말한다.

등신, 축구畜狗 같은 놈. 능참봉 자리라도 하나 떨어질까 싶어 왔겠지만, 모가지 떨어질 날만 남았으렷다.

영의정의 며느리와
부원군의 소실

이 이야기는 홍진웅에게서 들었다. 예형이 덫에 걸린 여우 꼴이
됐을 때 나와 진웅은 친동기처럼 의지하며 전전긍긍했고 더러
부둥켜안고 울었다.

같은 해, 한양 의금부 옥

"아우님, 그새 얼굴이 어찌 그리 변했는가?"

예형이 목을 빼고 동복^{同腹} 자매 홍진웅을 살핀다.

"형님 꼴은 어떻고?"

진웅이 고개를 외로 꼬며 손으로 입을 가렸다. 예형이 귀
뒤 머리숱에 손을 넣어 벅벅 긁었다.

"나야 거지반 귀신 몰골이지. 근 스무날, 세수 한 번 못 하

고 형신刑訊 받아봐라. 제아무리 양귀비인들 귀신 꼴 안 날 수가 있나. 그런데 늙은 영감마저 사별하고 재물 넉넉하여 만고에 심간 편한 우리 아우님이 어째 그 모양일꼬?"

진웅이 한 손으로 보자기의 고를 풀려다 여의찮은지 입을 가린 손까지 동원했다.

"아이고야, 조선 팔도에 심간 편한 사람 다 죽었답디까? 실없는 말씀 고만하시고 얼른 이거나 잡숫구려. 약병아리 뱃속에 찹쌀 넣고 녹두 넣고 인삼도 한 뿌리 넣고 푹 고았소."

"말소리가 이상한데? 바람 빠지는 소리가 나."

진웅을 뜬어보는 예형의 눈이, 움쑥 들어간 탓에 더욱 형형하다.

"에그, 에그, 내가 귀신을 속이지 형님을 속이랴."

진웅이 예형을 바라보며 계면쩍은 표정으로 웃었다. 앞니 한 개가 빠졌고 한 개는 깨졌다.

"그 몹쓸 종자가?"

진웅이 눈길을 피하자, 예형이 이를 갈았다.

"천하의 망종. 내, 그놈 불알을 터뜨리고 자지를 아예 못 쓰도록 만들었어야 하는 건데. 그때 그만 힘이 달려서 도망쳐 나온 것이 한이로다."

진웅을 따라온 나졸이 옥문을 열며 말마디를 거들었다.

"말도 마오. 아직 쓸 만한가 봅디다. 이 판국에도 오입질하러 돌아다니는 거 보면."

나졸이 닭죽 단지를 옥 안으로 넣어주었다.

"따뜻할 때 얼른 잡숴요. 입맛 없어도 응? 뼈는 내가 싹 발라냈으니까 푹푹 떠먹어요. 우선 속이 든든해야 견디고 버틸 것 아니오."

"견뎌봐야 얼마를 견디고 버텨봐야 얼마를 버티겠느냐마는…"

말은 그리하면서도 고소한 닭죽 냄새에 회가 동한 예형이 허리춤에서 놋숟가락을 꺼내 들었다. 칼을 쓴 채여서, 예형은 팔을 길게 뻗었다가 조심스레 접으며 숟가락질을 한다. 대여섯 수저를 뜬 다음에 예형이 말했다.

"그 미친개가 찾거들랑 부리나케 본댁으로 내뺄 요량을 하지, 무엇 하러 그놈을 만나주었어?"

"아이고야, 그놈이 날 찾아온 게 아니고 내가 그놈을 찾아갔소. 우리 형님 좀 살려달라고. 왜 하필 유철이냐, 친속 상간으로 엮어 사람을 기어코 죽일 작정이냐, 우리 형님을 데리고 살기가 정 싫거들랑 맨몸으로 내쫓아도 좋다, 사람이 아무리 미워도 그렇지, 이런 말도 안 되는 누명을 씌워 죽이는 경우가 만고에 어디 있느냐고 싹싹 빌었소."

"그랬더니?"

"웬일로 수굿이 듣고 앉았기에 말발이 서나보다 했지. 결김에 명토를 박자 싶어, 하늘이 무섭지 않으냐고…"

"흥, 개아들 놈이 그 말에 발광했구먼. 하늘이 무섭긴 무서운가 봐. 하늘 말만 꺼내면 지랄용천을 하게?"

진웅의 눈이 휘둥그레진다.

"아이고야, 허구한 날 죽기 살기로 싸운 부부라도 부부는 부부로다. 척하면 삼천리일세그려."

나졸이 끼어들며 울근불근한다.

"원, 나라가 어찌 되려고 이 모양인지. 마마님으로 말할 것 같으면 돌아가신 부원군 대감의 소실이셨으니 지금 중전마마의 서모가 아니시오. 허견, 그 꼴같잖은 얼자가 무슨 권세를 믿고 감히 중전마마의 서모를 때린단 말이오?"

예형과 진웅이 나졸의 말에 반은 수긍하면서도 대꾸를 하지 않는다. '꼴같잖은 얼자'가 걸려서다. 자매는, 얼자도 못 되는 얼녀인 것이다.

"그놈이 아우님 치는 걸 본 사람, 있어?"

"집에서 벌어진 일이니 그 집 비복 여럿이 보기는 봤지."

예형이 길게 한숨을 쉰다. 터졌다 아물었다 터지기를 되풀이한 꽈리 입술이 부르르 떨렸다.

"그럼 틀렸네. 다 그 집 비복들인데 누가 증인을 서줄까. 난들 유철과 상간을 했을 리 있나. 하도 뻔질나게 찾아오기에 다과를 대접한 적은 서너 번 있지마는 거리낄 일이 요만치도 없었다는 건 비복들이 더 잘 알지. 그런데도 누구 하나, 날 위해 증인을 서주지 않으니."

진웅이 눈물을 참는 듯, 낯꼴을 기괴하게 일그러뜨린다.

"천하에 가여운 우리 형님."

나졸이 또 참견한다.

"기다려보오. 시방 병조판서께서 사방팔방 알아보시는 모양입디다. 설마 없는 일을 가지고 죽이기야 하겠소?"

나졸은 병조판서 김석주의 끄나풀이다. 석주는, 진웅이 섬긴 청풍부원군 김우명의 조카로 서인 무리의 책사. 그는 백부의 천첩에 불과한 진웅을 남 유달리 살갑게 챙겨주었다. 진웅은 그것이 고마워 예형에게 얻어들은 허적 집안의 속내를 일러바치곤 했다. 그제 밤에도 석주는 진웅이 허견에게 맞았다는 소식을 들었다며 들이댓바람에 달려와 꼬치꼬치 내막을 캐묻고 갔더랬다.

예형이 혀끝으로 놋숟가락을 서너 번 빨아먹고는 허리춤에 도로 꽂았다.

"요즘 우리를 두고 장안이 떠들썩하겠구면. 영의정 며느리가 친속상간을 했다는 둥 부원군 소실이 영의정 외아들에게 백주에 얻어맞아 이가 부러졌다는 둥, 입방아 찧기 좋아하는 사람들한테 씹을 거리를 제대로 던져준 셈인데."

나졸이 손사래를 쳤다.

"에이, 그럴 리가. 어딜 가나 이차옥 얘기하느라 정신이 없습디다. 그보다 맛있는 술안주가 없어요. 이차옥이 불쌍타, 허견을 때려죽여야 한다는 게 장안의 공론이지요."

진웅과 예형이 말없이 눈빛을 교환했다.

나졸도 어쩔 수 없는 사내붙이로다.

나졸만 그러할까?

우리 두 얼녀가 억울하게 죽든지 맞아서 이가 부러지든지 세상은 크게 관심이 없다. 다만 한 유부녀 절세미인이 정승 집 외아들에게 피랍됐다 닷새 만에 돌아온 사건은 기왕지사를 파고들어도 재미나고 앞으로 벌어질 일도 궁금해 죽겠는 것이 세상인심이다.

"하도 이차옥이, 이차옥이, 해쌓기에 얼마나 고운지 내 눈으로 확인하려고 포도청에까지 가보았다오."

"아이고야, 의금부 나장께서 그런 일도 다 하시는구려."

진웅이 은근히 흉보는 말을 했으나 제 얘기에 신이 난 나졸은 귓등으로 흘렸다.

"거, 미인은 미인입니다. 설부화용雪膚花容에 단순호치丹脣皓齒라더니 그게 딱 그 여인을 두고 만든 말이더구먼. 몸맵시도 아리잠직하니 어여쁜데 진구리는 또 어찌나 낭창낭창한지요. 거, 나만 구경을 온 게 아니고, 도화서 화원들도 여남은 이나 와 있습디다. 미인도를 그리겠다고."

"피랍된 일이 없다고 딱 잡아뗀다면서요?"

"포도대장이 서인이니 어떻게든 구슬려서 자백을 받아낼 거요. 이차옥이네 친정집 비복들은 이미 어느 정도 인정을 한 모양이더라고. 안장 없는 말도 그 비복들한테서 나온 단서라오. 그 말을 몰고 와서 이차옥이를 납치한 종놈만 구인拘引하면 결판이 날 텐데, 영의정 집에서 그놈을 숨겨놓고 내놓지 않으니 문제지. 영의정 집엘 불문곡직 쳐들어갈 수도 없는 노릇이라. 포도대장이 집 앞에 군관을 붙여놓고 그놈 나오기만 기다린다는데…."

"진즉에 빼돌렸을 거요."

나졸과 진웅이 예형에게 눈길을 돌렸다.

"허적이 영의정 자리에 있는 한, 이차옥은 끝까지 잡아뗴는 수밖에 없소. 그러나 귀히 자란 양갓집 여자가 이런 데서 얼마나 버틸까. 사실을 말하지 않으면 서인 포도대장이 심히 괴롭힐 테고 사실을 말하면 남인 정권이 감히 영의정 아들을 무고했다 하여 유형을 보낼 판이니, 절세미인 팔자가 꼬여도 더럽게 꼬였구려."

나졸이 죽 단지를 꺼내고는 옥문을 잠근다.

"시간이 많이 지체됐소. 서두르시오."

진웅이 다급히 물었다.

"형님, 형님, 이 아우가 어찌해야 형님이 사오?"

"나는, 살길이 없다."

"왜? 내가 서인들을 찾아다니며 손발이 닳도록 구명 운동을 하리다."

예형이 거의 웃다시피 입꼬리를 올렸다.

"아우님, 그럴 필요 없네. 서인들은 남인을 치는 돌멩이로 아우님을 이용할 뿐인걸. 일은 잘못될 게 뻔하고 아우님만 무고죄로 귀양을 갈 거야. 우리한테는 친정도 없고 시집도 없어. 당파도 없고 나라도 없으니. 아우님도 이번 참에 가산 정리하고 어디 조용한 절에나 가서 숨어 살게. 그저, 어찌 됐거나, 목숨 부지하고."

옷고름으로 눈물을 찍으며 돌아서는 진웅의 귀에 예형의 목소리가 들렸다.

"이 못난 형한테 무얼 더 해주고 싶거들랑… 문수사 원정 스님, 그 스님 한번 불러다오."

비구와 신녀

이 이야기는 승려 원정과 홍진웅에게서 들었다. 각자 제 입장에서 이야기한 것을, 내가 조각보 만들 듯 잇대어보고 자르고 맞추어 기웠다.

같은 해, 소요산 원정의 암자

"아이고야, 스님, 스님. 스님을 오늘에야 뵙습니다. 보시다시피 이 쩔뚝거리는 다리로 스님 자취를 쫓아 문수사 문턱이 닳도록 드나들었건마는…."

반가움과 원망이 뒤섞인 어조로 진웅이 원정에게 말한다.

"면목이 없습니다, 보살님. 소승이 탁발 수행을 다니느라 절을 오래 비우는 바람에."

사실 탁발 수행은 아니고 잠적 수행이었습니다만….

원정은 진웅이 입을 뗄 때마다 습관적으로 인중 아래를 가리는, 연꽃 자수가 놓인 흰 무명 수건을 눈여겨보며 지난 삼 년을 회상하였다.

처경의 일이 있었을 때 원정은 간발의 차이로 도망갈 수 있었다. 그간 인연을 맺은 우바니들이 여러모로 도와주었다. 원정은 장돌뱅이로 변복하고 당고개로 가서 처경이 참수되는 모습을 지켜보았다. 처경은 이미 저세상 사람인 듯 초연한 태도로 망나니가 추는 칼춤을 바라보았는데, 원정의 심장이 되레 쿵쿵 방아질을 해댔고 온몸이 식은땀으로 흥건했다.

원정은 머리털을 기르고 재가 거사처럼 입고서 소요산을 두루 훑으며 동향을 탐색하기도 했다. 문수사 근처에도 여러 번 다녀갔지만 남의 눈에 띌 일은 아무것도 하지 않았다. 그렇게 바짝 엎드려 숨만 겨우 쉬다가 달팽이나 지렁이처럼 조용히 문수사로 돌아왔다. 꼬박 삼 년을 찰찰히 살핀 결과, 서슬 푸른 양반들이 족치고자 한 승려는 오직 처경 하나뿐이었다. 지응 큰스님이야 원래도 산송장이었으니 그리 끌려간 연후에는 돌아오지 못한 것이 당연했고, 달리 연루된 승려를 찾는 기색은 조금도 없었다.

처경이 복주되고 난 후, 문수사는 폐사되다시피 했다. 원정도 문수사를 중건하려 나설 만치 간담이 크지는 않았기에 멀찍이 떨어진 곳에 자그마한 암자를 새로 지은 참이었다.

원정은 앞에 앉은 여인의 얼굴을 자세히 뜯어보진 않았으나 어딘가 낯익은 데가 있다고 생각했다.

"돌아와 보니 문수사는 저리되고 절 식구들은 모두 뿔뿔이 흩어져버렸더군요. 제행무상諸行無常입니다. 그런데 보살님께서는 어인 연유로 소승을?"

원정이 말끝을 흐리는데, 진웅이 수건으로 입을 가리고 말했다.

"불쌍하고 불쌍한 우리 형님이 스님을 뵙고 드릴 말씀이 있다고…"

형님? 불쌍하고 불쌍한 형님이라니?

원정은 진웅의 이목구비가 제가 아는 우바니 중 누구와 닮았을까 생각을 궁굴려보았다.

"형님이, 글쎄 우리 형님이, 이렇게 스님 한번 뵙고 싶다는 마지막 소원도 못 이루고… 스스로 목을 찔러… 얼마나 억울하고 얼마나 분했으면 밥 먹던 숟가락으로 목을 찔러… 아이고 형님, 형님…"

진웅이 목이 메어 말을 맺지 못하고 입 가린 수건을 접어 눈물을 닦았다.

나무아미타불 관세음보살.

원정이 눈썹을 찌푸리고 탄식하며 합장했다.

홍예형이 옥중에서 자결했다는 풍문은 여러 우바니들한 테서 들었다. 친속상간이라니 사람의 탈을 쓴 개돼지도 그럴 수는 없다고 욕하는 이가 있는가 하면, 그것이 모두 무도하고 패악한 서방이 들씌운 누명이라며 혀를 차는 이도 있었더랬 다. 풍속을 더럽힌 죄로 교수형에 처하겠다는 결안結案에 서 명하라는 걸 혀를 깨물고 거부하다 허리춤에 지니고 있던 놋숟가락으로 제 목의 급소를 찌르고 절명했다는 얘기를 들은 날, 숟가락이라니 그 길둥근 것으로 목이 뚫리나 잠시 의아해했던···, 다음 날 아침 공양을 하다 말고 숟가락 자루 로 찔렀겠군, 하고 추리하곤 차마 숟가락질을 더 하지 못하 고 기왕 씹던 밥만 곤죽이 되도록 물고 있다 겨우 삼켰던 기 억. 그러고도 한참 동안 숟가락을 들 때마다 얼토당토않은 누명 앞에 굴복하지 않은 예형의 새파란 독기와 깡다구를 생각하며 부르르 떨었었다.

"형님이 생전에 저에게 은밀히 부탁한 것이 있습니다. 그 일이 아마··· 병진년에 있었지요? 형님이 처경 스님 필적을 얻어 정승 시아버지한테 갖다준 적이 있습니다."

"허적 대감 말입니까?"

"예. 형님 딴에는 처경 스님을 도우려 한 일이었는데… 꼭 그것 때문만은 아니었지만… 그것으로 말미암아 처경 스님이 참수되셨습니다."

진웅은 처경의 일을 이야기하면서도 감정이 북받치는지 입술을 비죽거렸다. 원정은 짐짓 모르쇠를 잡았다.

"형님은… 모르고 저지른 그 죄로 인하여 과보果報를 받았다며 괴로워했답니다. 스님, 제가 형님 대신 부처님 전에 시주하고… 형님과 처경 스님 극락왕생을 비는 백일기도도 바치고 싶습니다."

원정이 공손히 합장, 목례했다.

준다는 시주를 왜 마다하겠는가. 한 우바니가 백일기도든 천일기도든 기도를 바치겠다는 것도 말릴 까닭이 없다.

예형이 모르고 지은 죄를 자책했다고? 처경의 죽음에 책임을 느꼈다고?

원정은 속으로 묻는다.

해우소에서 근심을 덜어내곤 갓 피어난 연꽃처럼 해맑게 웃던 소년 사미에게 치명적 인연을 강요한 자, 누구인가. 그 죄 많은 자는 어떤 과보를 받을 것인가.

원정은 자신이 이미 승려 처경과 자련 보살의 영혼을 위해 사십구재와 백일기도를 올렸다는 사실을, 처경에게 작은 위안이라도 될까 하여 소현세자의 일곱째 아들이라 쓴 위패를 비밀 장소에 봉안했다는 사실을 진웅에게 발설하지 않는 것은 물론, 스스로도 잊고자 한다.

역도와 일곱째 아이

이 이야기는 다른 사람에게서 들은 것이 아니다. 내가 쓰개치마를 두르고 군기시 앞길에서 목격한 것을 복기했다. 죽기 전 허견은 완전히 미쳐 있었다. 허공을 향해 종주먹질을 하고 큰 소리를 내고 눈물을 질금거리다 비손했다. 횡설수설 얼더듬는 말이었고 내 귀에까지 똑똑히 전달되지도 않았으나, 저간의 사정을 꿰어 맞춰 썼다.

경신년(숙종 6년)**16** 군기시 앞길
압슬壓膝과 낙형烙刑으로 상한 신체의 고통이 거짓말처럼 흐

---

16 1680년

릿하다. 능지처사陵遲處死 현장을 구경하겠다고 군기시 앞길에 모여든 군중도 구름 떼처럼 가지가지 형체를 이뤘다 흩어진다. 견은 울고 싶다가도 웃고 싶다. 온몸이 땅속으로 꺼지는 성싶다가 하늘로 솟구칠 듯하다. 대흥산 꼭대기에서 장풍을 쓰며 날아다니는 초인이다가 결계에 갇혀 울부짖는 마인이다. 분신술을 쓰는 홍길동이다가 저잣거리에서 거열형車裂刑을 당하는 허균이다.

옥에서 먹은 대마大麻 진액의 양이 많았다. 견은 그 쓰디쓴 약물이 꿀물이기라도 한 양, 단 한 방울도 남기지 않고 싹 핥아 마셨다. 옥리獄吏 편에 그것을 전달한 늙은 아비의 애끓는 사랑에 감읍해서라기보다는 오랏줄에 묶인 채 능지처사를 기다리는 고통이 너무 커서였다. 금시라도 심장이 마르고 머릿골이 빠개질 것 같았다. 곧 죽을 값에라도 죽기 직전까지는 고통을 줄이고 싶었다.

옥리는 견이 오시午時경에 사지가 찢기고 목이 잘릴 거라며 사시巳時 어름에 그것을 물에 타서 건넸다. 아들의 죄에 연좌되어 집안이 쫄딱 망할 지경에 처해서도 아들을 버리지 못하는 부정父情이 눈물겹다고 옥리가 혀를 찼다. 묶여있지만 않았다면 견은 그 시건방진 옥리를 짓밟고 뚜들겨서 어육魚肉을 만들고 입을 찢어놓았을 거였다. 그러면 아비는

197

앞으로 아들을 꾸중하면서 뒤로 무마하느라 진땀깨나 흘릴 터였다. 꾸중은 따끔하지 않았다. 뒷수습은 대체로 깔끔한 편이었지만, 때로는 무리수를 두었다.

아아 아버지. 아버지. 아버지.

견이 아비를 부른다. 아비는 오지 않았다. 견은 주위를 둘러보았다. 하늘을 올려다보고 땅을 내려다본다.

어인 일이지? 이런 일이 없었는데? 하늘이 위에 있고 땅이 아래에 있다면, 하늘에 해가 있고 땅에 흙먼지가 있다면, 아비는 아들의 부름에 허위허위 달려올 텐데? 당신에게 아들이 있어 그 아들이 아비를 부른다는 사실만으로도 고맙고 미안해서 어쩔 줄 몰라 하며 달려올 텐데?

아비는 견이 천첩 소생이어서 세상에 뜻을 펼치지 못하는 것이 자기 죄라 여겼고, 견은 당당히 아비를 탓했다. 그러니 오늘 견이 이런 끔찍한 운명을 맞은 것도 아비 탓이다.

애초에 왜 나를 낳았소? 천얼로 낳을 것이면 낳질 말았어야지 왜 낳아서 이 더러운 세상을 살게 하셨소? 복선군은 교수형을 당한다지요? 거참, 더러워서.

그래, 우리가 역모를 꾸몄다 칩시다. 뭘 어떻게 하겠다고 구체적으로 꾸민 것도 아니었소. 그저 주상께서 골골하시는 데다 형제도 없고 아들도 없으니 만약에 불행한 일이 생기면 어찌할지 대비를 했을 뿐이오. 아버지도 아시다시피 서인들은 임성군臨城君을 추대하려고 뜻을 모았다는데 우리 남인이라고 손 놓고 앉았을 수는 없지 않소? 그래 우리가 미는 복선군을 뒷받침할 병력兵力을 몰래 준비한 것뿐이오. 그걸 역모라 한다면 수괴는 복선군이오. 그자가 스스로 왕이 될 꿈을 꾸었단 말이오. 그런데 왜 수괴는 곱게 목매달아 죽이고 그를 따른 천얼은 사지를 찢어 죽입니까? 태어나서 살아가는 모든 것에 차별을 두더니 죽이는 것도 차별을 둡니까? 더러운 세상입니다. 망해야 할 세상입니다. 아버지는 이런 세상의 승상이셨어요. 아버지한테도 이런 세상을 만든 책임이 있다고요. 저 때문에 패가망신했다고 저를 원망하지 마세요. 따지고 보면 다 아버지 탓이라고요.

견이 아비에게 따진다. 머릿속에서는 목청 돋워 똑똑히 따지는데, 실제로는 말 배우는 어린아이처럼 혀짤배기소리로 도나캐나 쫑덜거린다.

저것이 무엇인가? 수레? 수레다. 저것으로 거열을 할 참인가? 말은, 말은 어디 있지? 벌써 오시가 됐나?

둘러봐도 아비는 없다. 부르기만 하면 어디에라도 달려오던 아비가 없다.

아아 옥황상제님, 부처님, 칠성님, 미륵님. 천얼로 나서 한

평생 차별받으며 불쌍하게 살다가 죽는 것마저도 이렇게 차별당하는 허견을 도와주소서. 살려달라고는 안 합니다. 저도 이런 세상에서 더 살기 싫습니다. 그냥 지금 바로 제 명을 거두어가소서. 고통 없이 저세상으로 데려가 주소서.

에라, 상제고 칠성이고 미륵이고 다 적통이냐? 그런 거냐? 얼어 죽을 적통이라 허견 같은 천얼은 상대하기 싫다 이건가?

어디서 말 울음소리가 들리자, 견이 고개를 치켜세웠다. 핏발 선 눈알을 궁굴렸다. 침버캐가 허옇게 묻은 입가가 바르르 떨린다.

누구냐? 누구냐? 용마龍馬를 타고 온 너는 누구냐? 국문 장에서 눈먼 여인의 눈을 뜨게 했다는 그 땡추냐? 아니지, 아니지. 봉사의 눈을 뜨게 했다면 땡추가 아니지. 신통력이 대단하신 법사? 삼장법사? 아니지, 아니지. 소현세자의 유복자, 일곱째 아이? 그 일곱째 아이 운운한 건 솔직히 믿기지 않아. 하지만 신통력은, 그건 제 눈으로 봤단 사람이 있으니까, 나 역시 긴가민가하면서도 솔깃하단 말이지. 아무튼지 말이오. 봉사의 눈을 띄우는 그 신통력으로 날 좀 도와주소. 나를, 이 가긍한 허견을, 날 때부터 차별받았고 죽을 때도 차별받는 이 허견을, 저 바다 건너 율도국으로 인도

해 주시오.

율도국. 그곳에는 빌어먹을 적서차별 따위 없겠지. 어미가 정실이든 양첩이든 천첩이든 한 아비의 골육이면 모두 똑같은 혈족으로 당당히 살겠지. 안 그렇소, 생불 스님?

일곱째

새끼 무당과 아기 신령

이 이야기는 해주로 간 예옥에게서 받았던 편지 몇 장에서 유추한 것이다. 예옥과 나는 일 년에 서너 번, 편지를 주고받았다. 사위가 청나라에 나드는 역관인지라 딸네 집에 귀한 외국 물건이 더러 있고 거래를 튼 상인이 있다. 그 상인 밑에는 발 빠른 부상負商이 있어, 그가 해주 쪽으로 갈 일이 있을 때 내 편지를 전하고 예옥의 편지를 받아다 주었다.

예옥은 해주에서 신당을 물려받아 처경 스님의 신령을 모셨는데 붙좇는 이가 제법 많다고 했다. 나는 승려 처경이 소현세자의 일곱째 아들이라거나 신이神異한 생불이라고는 믿지 않는다. 그렇다고 처경이 그리 처참히 죽어야 할 만치 악독한 죄인이었는가 하면 그 또한 아니라고 생각한다. 구태여 평하자면, 그는 여자의 벗이었다. 여자의 말을 귀여겨듣고 여자의 필요를 채워주고자 애쓴….

저간의 사정과 인연이야 어떻게 얽혔든지 간에 나라님이 참살한 죄인을 몸주신으로 받들다니 진실로 예옥이란 사람은 양딸 상업에게 그러했듯 제가 사랑하고 믿는 대상에게 영육靈肉을 온전히 다 바친다. 늘 앞뒤 좌우를 살피고 내 한 몸 안위가 우선인 우리네 보통 사람과 다르다. 눈먼 사랑이란 얼마나 애달프며 얼마나 위태로운가.

마지막 편지에서 나는 예옥이 경계하고 또 경계할 것을 당부하였다. 답장은 오지 않고 예옥이 발각되어 외딴섬으로 귀양 갔다는 소식이 왔다. 궁녀 노릇을 할 때부터 어떤 편지든 물에 씻어 흔적을 없애버릇한 예옥인지라 나에게까지 화가 미칠 걱정은 없었다. 다만 벗의 처지가 가긍하여 오래 가슴을 앓고 눈가가 짓물렀을 뿐.

정묘년(숙종 13)[17] 황해도 해주의 신당

네 아비는 하룻밤 지나가는 길손이었다. 이름도 모르고 성도 모른다. 아비가 궁금하고 그립거들랑 아기 신령님께 치

_____
17 1687년

성을 올려라. 아기 신령님 도움으로 하늘땅 사이에 네 한목숨이 돋아나 홍역, 마마를 탈 없이 치르고 이만큼 자랐으니.

엊저녁 밥상을 물린 뒤 아이를 앉혀두고 그리 자분자분 타일렀건만 아이는 고개만 소긋한 채 딴청을 피웠다.

앙큼한 자식. 어찌하면 어른들 눈을 속이고 단봇짐을 쌀까, 그 궁리만 했구나. 기생집 머슴을 살아도 무당집 아들보다야 낫겠다는 사내놈을 무슨 수로 잡아두랴마는⋯.

예옥은 아이가 제 딴에는 조심조심하면서 내는 인기척을 다 들으면서도 신당에서 옥불玉佛만 어루만진다.

조밥과 지게미만 먹고 살아도 천연스레 고운 얼굴, 삼베 누더기를 걸쳐도 귀티가 흐르는 몸맵시를 타고났으니 어디 간들 밥술이야 못 얻어먹겠느냐마는⋯ 행여나 드높은 혈통을 찾겠다고 모가지 길게 빼고 고대광실을 넘보지만 말거라.

매화의 코 고는 소리가 갑자기 커졌다. 아이가 놀라 물러서는 기척이 난다.

예옥이 입속말을 한다.

그래그래. 네 젖어미에게는 마지막 인사를 올려야지. 그래야 사람이고말고. 잔소리꾼 할미야 모른 체해도 된다.

예옥은 서운한 심정을 누르고 옥불을 끌어안았다. 백옥으로 깎은 불상. 처경 스님이 상업에게 준 것을 상업이 예옥에게 맡겼다. 예옥은 처경 스님이 이야기 속에 나오는 그 일곱째 아이라 믿었고 그가 참수되기 전에 이적異蹟을 보였다는 소문 또한 진실로 믿었기에 옥불을 그의 분신으로 귀히여겼다. 옥불 덕인지 무당 팔자를 받아들인 덕인지 곧 죽을사람처럼 골골하던 몸이 딴사람처럼 생생해졌다. 예전에는아픈 몸에 깃들어 못살게 굴던 헛것들이, 옥불을 끼고 아기신령을 섬긴 뒤에는 사람 사는 일의 이면이자 속내로 전생과 이생, 후생을 관통하는 졸가리로 정체를 드러냈다.

애초에 두 여자가 두 갓난쟁이를 품고 그림자처럼 숨어든곳이 늙은 무당의 외딴 신당이었다. 자식 없이 늙고 병들어심히 외로움을 타던 무당은 첫눈에 예옥이 앓는 병을 알아보았다. 연배로 치면 엇비슷했지만 예옥은 무당을 깍듯이신어머니로 모시고 내림굿을 받았다. 그리고 원통하고 절통하게 죽은 일곱째 아이를 몸주신으로 맞아들였다.

매화는 무당이 부리던 머슴 겸 박수와 짝을 맺고 딸 하나를 더 얻었다. 상업이 낳은 아들은 자주 먼 산을 바라보고꿍꿍이속을 짐작하기 어려운 데 비해, 매화가 낳은 두 딸은굿판을 따라다니며 잔심부름을 곧잘 했다.

예옥은 복동이라는 새 이름으로 해주 일대에 조금씩 알려졌다. 내림굿에 참가했던 사람들이, 해주 무당의 신딸 복동이 아기 신령님 공수를 받는데 온몸에 소름이 돋으면서 눈물이 왈칵 쏟아지더라는 뒷담화를 퍼뜨렸다. 새끼 무당이라 큰굿은 못 해도 발복 기도를 잘한다더라, 신통한 옥불을 가지고 있는데 그걸 어루만지며 기도하면 만병이 낫는다더라는 소문이 뒤이어 퍼졌다.

아이의 까치발 걸음이 멀어진다. 예옥은 옥불에 떨어지는 눈물방울을 보고서야 제가 흐느끼고 있음을 깨달았다. 예옥은 옥불을 제 심장에 박아 넣을 기세로 껴안았다.

아기 신령님. 아기 신령님. 겨우 강보를 면한 저 어린것, 머리만 굵었지 보는 눈도 들은 귀도 없습니다. 어둡고 어두운 저 어린것 가는 길을 보살펴주소서. 눈뜬장님의 무명無明을 깨치시듯 저 어린것의 길을 밝히소서. 당신이 끼치신 골육이니 당신이 돌보소서.

낙엽 밟는 작은 기척마저 완전히 사라지자, 예옥은 불상을 제단에 올려두고 무릎을 꿇었다. 그리고 무명 치마가 눈물에 젖어 뻣뻣해지든 말든 이마와 두 손바닥을 수없이 바닥에 부딪치며 치성을 드렸다.

역관의 처와
아기 야소

이 이야기는 딸네 집에서 내가 보고 들은 것이다.

딸에게는 장성한 전실 아들이 둘이나 있었지만 늘 어렵고 조심스러워 귀한 손님 같았다. 뱃속에서부터 마음껏 사랑하다 낳아서는 스스럼없이 물고 빨며 키울 제 아이가 간절히 그리웠다. 딸은 혼인하고 이태째 되던 스무 살에 첫아들을 낳았으나 백일도 되기 전에 잃고 말았다. 그 후로 오래도록 회임 기미조차 없더니 여느 부인네라면 망단할 나이인 마흔 살에 태기를 보였다. 전실 아들이 장가들어 얻은 아이들한테서 구처 없이 할머니 소리를 듣던 참이라 겉으로야 부끄러워하면서도 속으로는 기쁨에 겨워 자다가도 웃었다.

그러구러 열 달을 품어 몸 풀 날이 다가오니 의지할 사람이 필요하다며 늙은 어미를 제 거처로 불러들였다. 나는 외동딸이 제

속으로 낳은 제 아이를 또 잃을까 봐 얼마나 두려워하는지 알았다. 그래 별다른 도움이 못 될 줄 알면서도 딸 곁에서 숙식을 함께하는 수밖에 없었다.

딸은 손수 배내옷을 바느질하며 이른바 주기도문과 성모송이라는 것을 외웠다. 어미 품에 안긴 아기 그림도 보여주었다. 너울 같은 것을 덮어쓴 젊은 여인이 성모이고 볼살이 포동포동한 아기는 야소耶蘇라 했다. 야소를 잘 믿으면 제 집안과 복중 아기가 다 복 받을 것이며 죽어서도 천당에 갈 거라나. 나는, 제 새끼 품에 안은 어미 그림이 우선 보기야 좋다마는 액운을 물리치고 길운을 불러오는 부적으로는 달마 선사 그림만 한 것이 없다더라는 얘기를 겨우겨우 깨물어 삼켰다.

또한 딸은 매양 밥숟가락을 들기 전에 제 이마와 명치와 양어깨에 손끝을 대었다간 합장하고 웅얼웅얼했다. 어찌 그러느냐고 내가 물었더니 가느다란 나무 작대기 두 개를 엇갈려 묶은 듯한 물건을 보여주며 아기 야소가 장년이 되어 그리 생긴 나무 틀에 못 박혀 죽었음을 잊지 않으려는 의식이란다. 저는 천주의 외아들이며 누구든지 저를 믿고 따르면 영생을 얻고 천국에 가리라 하니 저를 시기한 사람들이 무단히 누명을 씌운 탓에 그리되었단다. 생사람을 나무 틀에 매달아 못 박으면 곧바로 죽지도 않을 테고 그 괴로움이 오죽했을까, 내가 오만상을 찌푸리고 혀를 찼더니, 딸이 말하기를 야소는 천주의 외아들이라 예사 사람처럼 고통스럽게 죽었을 리 없으며 죽고 나서도 사흘 만에 되살아나 제자들 앞에 현신한 후에 승천을 했다는 것이다.

나로선 뜨악한 얘기였다. 야소가 처음부터 신이 아니라 사람 모양으로 났다면 분명히 생모와 생부가 있을 터. 그럼에도 하늘 아버지의 외아들이라 주장하다 죽었다니 생부를 부정하고 왕자를 참칭했다는 이유로 목을 베인 승려 처경이 어찌 생각나지 않겠는가. 그의 신령을 신당에 모시고 섬기다 발각되어 외딴섬으로 귀양 간 예옥이 어찌 떠오르지 않겠는가.

딸은 이제부터 나도 절에 다니지 말고 야소를 믿어야 한다고 우겼다. 딸 덕에 사는 내 처지에 딸이 믿어라 강권하는 것을 구태여 못 믿겠노라 맞설 까닭이 무엇이랴. 야소 이르기를 네 이웃을 네 몸과 같이 사랑하라 하였다니 부처의 자비심과 다를 바가 무엇인가. 대저 진리는 다 통하리니 나로 말하자면 본디 신실한 불자도 아니었다. 부처 잘 믿어 복 받으려는 마음 같은 것은 아예 없었고 고승 대덕의 심오한 법문을 구하는 마음도 없었다. 부녀로서 바깥바람 쐴 핑계로는 불공이 개중 만만했고, 번잡스럽지 않은 절이나 암자에서 다른 사람들 사는 이야기 듣는 게 하 좋아 풀방구리 쥐 드나들듯 다녔을 뿐.

힘들어하는 내 딸에게 위안이 된다면야 섶을 지고 불에 뛰어들래도 뛰어들 판이라 나는 딸이 이끄는 대로 묵주를 돌리고 기도를 바치고 야소의 말씀을 읽었다. 아무리 애써도 처녀 수태와 부활과 구원과 천당에 대한 믿음이 생기지는 않았으나 그따위야 애당초 신경 쓸 거리가 못 된다. 다만 내 귀한 딸이 야소에게 너무 빠진 듯하여… 묘향과 예옥과 자련의 형상이 내 딸 얼굴에 겹쳐 눈앞에 어른거리다 난데없이 숨조차 안 쉬어지는 불안증으로 도지니 이를 어찌할꼬….

갑술년(숙종 20년)[18] 서촌 딸네 집
연실이 한 손으로 아랫배를 받치고 끙하며 일어서다 말고 한 손을 허우적거렸다. 여종 구월이 황급히 연실의 손을 잡고 등허리를 감싸듯이 하며 부축했다.

"에고, 마님. 어디를 가시려고요? 쇤네한테 시키시지 않고요."

"시킬 일이 따로 있지. 기도를 어찌 남한테 시킬쏜가. 이 아이가 생긴 것을 안 후 내가 단 하루라도 감사 기도를 빼먹

은 일이 있던가. 이 아이가 늙은 어미 복중에 살아남아 이만치 태동을 보이는 게 모두 성모님 은혜인데 내 어찌 감히 기도를 게을리할까.”

“그럼요, 여부가 있겠습니까요. 모두 성모님 축복 덕분이지요.”

성총을 가득히 입으신 마리아님께 하례하나이다. 여인 중에 복되시며 태중의 아들 야소 또한 복되시나이다, 아멘.

구월이 입속말로 외는 것을 들은 연실도, 아멘, 한다.

구월은 세속의 신분으로는 연실과 주종 관계이나 믿음의 세상에서는 높낮이 없는 교우이다. 그저 교우일 뿐인가. 아니다. 늙은 홀어미 말고는 천지간 혈육 하나 없이 적막강산인 연실에게 구월은 친동기보다 미덥고 허물없는 사람이다.

연실이 안채 깊숙이 비밀스레 꾸며놓은 기도실로 들자, 구월이 대청마루로 나왔다. 아무도 연실을 방해하지 못하도록 망을 보아주는 격이다. 연실은 홀로 드리는 눈물의 기도로 하루하루 살고 버틸 힘을 얻으므로 기도가 밥보다 중하다고 믿는 신자이다. 연경에서 경전과 십자가와 성모상 등을 갖다주어 연실에게 야소교를 전도한 폭이 되는 역관 강치형도 신심에서는 안사람에게 한참 못 미친다고 자인한다. 그래서 아내를 보러 안채에 들렀다가도 구월이 막아서면 웬

만치 화급한 일이 아니고선 나중을 기약하며 돌아선다.

　잠시 뒤, 연실의 두 자부가 안채로 들어섰다. 구월이 마당으로 내려서며 공손히 읍하고는 입술을 위아래로 조 비비듯 하다 겨우 말했다.

　"어, 어찌하옵지요? 마님께서 지난밤 잠을 설치신 까닭에 아침나절 내내 어지럼증에 시달리시다가… 좀 전에야 겨우 오수 청하신 참이라… 요즘 몸이 무거우셔서 그러한지 도통 잠을 못 주무십니다. 상전 모시는 쇤네 입장이… 어찌하옵지요?"

　구월의 목소리가 사뭇 떨렸다. 본래 순박한 품성이기도 하려니와 거짓말하지 말라는 계명을 어겼다는 죄책감 때문이다.

　유교와 불교 이외에는 사교邪教로 치는 세상에서 천주님을 믿으려면 작죄할 수밖에 없다. 이런 불가피한 작죄는 나중에 죽어 천주님 앞에 섰을 때 오히려 당당하게 말씀 올릴 수 있으려니. 정신 차려라, 구월아.

　구월이 스스로를 다잡는데, 큰며느리가 구월을 노려보며 의심하는 티를 냈다.

　"어째 며느리 대면을 일부러 피하시는 것만 같으니 원, 쯧. 지난번에는 그 몸을 하시고 어디 출타를 하셨다더니?"

구월이 입만 벙긋거리며 기다 아니다 대꾸를 못 하자, 여종에게 다과상을 들리고 따라오던 작은며느리가 나섰다.

"에고 형님. 어머님 하시는 일이 워낙 많지 않습니까. 고단하셔서 그러시겠지요. 산달이 얼마 남지 않았다 하더라도, 꼭 필요한 출타는 하셔야 하고요. 아버님께서 믿거라 하고 맡기시는 용무가 적지 않은 모양입디다."

큰며느리가 얄따란 입술을 씰룩거렸다. 이 집안 당주인 시부가 젊은 후처를 유난스레 아끼고 미더워하는 거야 부인할 도리가 없는 사실이므로.

"쯧, 그런 행실은 왜 부전자전이 안 될꼬."

큰며느리가 눈알을 굴리며 토심스레 내뱉는다. 동침은커녕 말 섞어본 지도 아득한 제 서방, 본처에게는 바윗돌 같으면서 첩에게는 솜이불처럼 구는 제 서방이 떠올라서다. 아내와 무릎을 맞대고 조곤조곤 바깥일을 상의하는 다감함은 언감생심, 그저 저 하나 우러러보는 안사람이 이 집구석 어딘가에 살아있다는 사실이나 알아주면 좋으련만.

"기왕 다과상도 준비해 왔으니 여기서 좀 기다려보세. 오수를 밤잠 주무시듯 하시겠나, 설마."

큰며느리가 섬돌을 딛고 올라섰다. 구월은 큰며느리의 갖신 앞코를 바깥쪽으로 향하도록 정리하며 안채 곁방에 마님의 친정 모친이 와 계신다는 말을 할까 말까 망설였다.

"얘 복비야, 조심하지 않고서. 이리 내라. 감주 쏟겠다."

작은며느리가 갖신을 반 벗은 채 여종에게서 다과상을 받았다.

구월은 입을 다물었다. 곁방은 마루 바로 옆이다.

이미 다 듣고 계시겠지. 눈치코치가 예사롭지 않은 분이니 알아서 처신하시렷다.

"달포 남은 묘제는 어찌 채비하실 작정인지. 가모가 나서서 의논하실 일을 아랫사람이 걱정하고 있으니 원, 끙."

연실보다 네 살 많은 큰며느리는 저보다 젊은 시어머니에게 이래저래 불만이 많다. 꼬박꼬박 공대하고 문안 올리며 자식 된 도리를 다해야 하는 것도 고깝지만, 곳간 열쇠를 물려받을 날이 까마득한 게 제일 억울하다. 이러다 영영 안주인 노릇을 못 하고 죽을 수도 있다는 생각이 들면 자다가도 부아가 치밀어 오른다.

"그야 화급한 일 먼저 처리하시고 나면… 아직은 달포나 남았으니까요."

작은며느리가 동갑내기 시어미 역성을 들었다. 눈이 화등잔 같은 맏이가 있는데 지차之次 손에 곳간 열쇠 들어올 가망이 있으랴. 어차피 누구 밑에서 부림을 받을 바에야 작은

며느리로선 욕심 많고 억지스러운 맏동서보다 일머리 좋고 경우 바른 시어미 편에 서고 싶다. 게다가 맏동서는 딸자식 하나를 생산하고 무후하여 작은며느리가 낳은 두 아들 중 큰아이를 양자로 점찍었다. 법도가 그러하다지만 작은며느리는 속이 쓰렸다.

큰며느리가 고개를 빳빳이 세웠다.

"이 사람 보게? 남의 가모 되어 묘제 준비보다 바쁜 일이 있단 말인가?"

"아무래도 몸이 무거우시니…."

"허허. 누가 당신더러 신역을 바랄까? 그저 자부들과 의논하고 이래라저래라 영을 내려주십사 하는 게지."

"그야 닥치면 어련히…."

큰며느리가 눈을 부라렸다. 작은며느리가 수굿이 동의하지 않고 아금박차게 대꾸하는 양이 눈꼴셔서다. 부부 금슬 좋지 않고 아들자식도 없으면서 허울 좋은 맏며느리 세도만 붙들고 앉았다고 손아랫동서마저 저를 무시하는가 싶다.

"내 듣기로, 크으음, 야소교도는 임금과 아비를 원수처럼 여기며 조상의 제사를 폐지하고 신주를 파괴한다더군. 만에 하나, 어머님이 그런 사교에 물들어 집안을 그르치지나 않을까 걱정이 이만저만 아닐세."

"아이고 형님. 음성이 너무… 어머님 낮잠 깨우시려고… 들으시겠습니다."

큰며느리가 콧방귀를 뀐다.

흥, 들으면 어떤고. 차라리 들었으면 좋겠네. 하나 있는 딸자식 출가도 시켰겠다. 재미 붙일 데 하나 없는 이놈의 집구석, 내가 만고에 두려울 것이 무엇인고.

감주 사발을 들이켜는 큰며느리 앞으로 과즐 소반을 밀어주며 작은며느리가 속닥거렸다.

"형님도 참, 별걱정을 다 하십니다. 야소교에 대해서는 저도 들은 바가 있습니다. 제 친정 오라버니가 연행燕行을 두 번이나 다녀오지 않았습니까? 연경에서 천주당을 가보았다더군요. 천주당에 있는 양인은 얼굴이 희고 코가 우뚝하고 머리털은 곱슬머리에 눈알은 깊이 박혀서 깜박이지도 않는답니다. 그 양인이 중국어를 할 줄 알아서 제 오라버니와 제법 오래 대화를 했다지요."

작은며느리가 목청을 가다듬고 말을 이었다.

"그 양인도 승려인데 승려 중에서 제일 높은 자를 법왕法王이라 하고, 받드는 대상을 천모天母라 하는데 이름은 마리아瑪利亞라고 한답니다."

"마리아라면 성은 마씨요, 이름은 리아인가? 점잖은 이름 같지는 않구먼. 양반은 아닌 모양일세."

에고, 형님, 욕심은 물동이를 채우고도 찰찰 흘러넘치는 분이 어째 견문은 접싯물에도 못 미칩니까? 양인들은 성도 이름도 우리네와 다르다고요. 그리고 웬 양반 운운? 우리 집안은 뭐 양반 축에 끼워준답니까?

작은며느리는, 제 속생각이 얼굴에 드러날까 봐 급히 표정을 가다듬고 얘기를 계속했다.

"하여튼 천모가 한 어린아이를 안고 있는데 그 아이가 천주로서 야소라 한답니다."

"어린아이가 어찌 천주란 말인가? 기가 차서. 그 동네는 장유유서도 없다던가?"

"어린아이라고 언제까지 어린아이로만 머물겠습니까. 자라서 청년 되고 장년 되고 하지요, 호호."

"쳇, 그담에는 노망들어서 앓다가 죽었겠구먼."

"그게 아니고요. 입바른 소리만 해대다가 사람들한테 미움을 사서 죽임을 당했답니다. 그런데 죽은 지 사흘 만에 다시 살아났다지 뭡니까?"

"죽었다 살아나는 일이 전연 없지는 않다고 들었네. 저승사자가 염라대왕님 명부에 없는 사람을 잘못 데려가면 이

승으로 돌려보낸다지? 그런 일이, 백 년에 한 번꼴로 일어난 다더군."

큰며느리가 아는 체를 했으나, 작은며느리는 대꾸하지 않고 제 얘기를 계속했다.

"또, 에고, 제 입으로 말하기도 망측스럽지만요. 야소교 무리에 들면 처자식이고 재산이고 네 것 내 것 구분이 없어 진답디다. 계집과 사내가 벌거벗고 큰 물통에 들어가서 간 음을 한다지요?"

큰며느리가 과즐을 집어 올리던 손을 부르르 떨었다. 귀 뺨이 발갛게 달아오르고 호흡이 가빠진다.

"무슨 괴상한 노래까지 부르면서요. 아이고, 제아무리 점 잖은 양반이라도 야소교 무리에 들면 그런 노래를 익혀서 불러야 한답니다."

"세상이 망하려니 별…"

"또한 그 무리는 십자가를 보면 땅에 엎드린다고 합디다. 형님도 아시다시피 우리 어머님이 그러시지는 않지요."

"그거야 못 보았네만, 무언가를 잡숫기 전에 손가락으로 가슴에 열십十자를 긋는 모습은 보았네. 아버님도 그렇게 하셨어. 그 열십자가 야소교를 믿는다는 표지라고 하지?"

작은며느리가 정색했다.

"아이고, 형님. 아닐 겁니다. 어쩌다 보니 손동작이 그리되셨겠지요. 설마하니 아버님, 어머님이 그 커다란 물통에…!"

작은며느리는 중동무이하고 제 입을 틀어막았다. 큰며느리도 그제야 구월을 의식하며 헛기침을 했다.

구월은 두 여인의 수작이 가소롭다. 구월이 교인 모임에서 배운바 천주께서 일러주신 십계에는 앞서 구월이 알면서도 어긴, 거짓말하지 말라는 명은 물론, 부모에게 효도하라는 명이 분명히 있으니 임금과 아비를 원수처럼 여긴다는 말이 일단 틀렸다. 그리고 간음하지 말라는 명에 더하여 남의 아내를 탐내지 말라는 명도 있다. 남의 재물을 탐내지 말고 도둑질하지 말라는 명도 있다. 처자식과 재산을 공유한다는 얘기는 말짱 헛소리다.

누가 아까운 밥 먹고 저따위 헛소리를 만들어내어 퍼뜨리는가 했더니 당자가 여기 있구먼. 마귀 같은 여편네 같으니라고. 지옥 불이 무섭지 않은가.

구월의 속생각 따위에는 조금도 관심이 없는 듯 작은며느리가 또 주워섬긴다.

"그자들은 우리네 남존여비 풍속과 달리 여자를 귀히 여기고 남자를 천하게 여긴답니다. 대개 여자가 주장하면 남자가 따르고 아버지가 죽으면 딸이 그 가업을 이어받는다고 합니다."

그거참 마음에 드는군.

큰며느리가 눈을 반짝인다.

야소교를 믿으면 내 하나뿐인 핏줄인 딸아이가 출가외인 취급당하지 않고 이 집안 가업을 이어받는다는 얘기?

"또 남자가 한 여자 이외에 다른 여자를 가까이하면 여자가 법왕에게 호소하는데 이렇게 되면 남자는 즉시 처형된답니다. 속죄를 청할 경우에는 쇠갈고리로 손발을 뚫어서 피가 흘러 온몸을 덮은 뒤에야 그 피 값으로 죽음만은 면해 준다고 합니다."

큰며느리가 침을 꿀꺽 삼켰다.

그 법은, 참으로, 훌륭하구먼.

문득 작은며느리가 미간을 찌푸렸다.

"만약에, 만약에 두 분이 진짜로 야소교 교인이라면 어쩌지요? 제발이지 두 분만 오붓이 믿으시고 우리 아랫대한테까지 강요하면 안 되는데요. 조상 없는 후손이 어디 있다고 우리 조상님 놓아두고 어디서 굴러온 뼈다귀인지도 모를 야소인지 여수인지를 섬길까요. 조상님 잘 모셔서 음덕을 입어야 후손이 번성할 터인데요."

아까와 달리 큰며느리는 말이 없다. 말이 없을뿐더러 얼굴이 벌겋다.

실은 사내와 계집이 벌거벗고 큰 물통에 들어가서 간음하는 장면을 떠올리고 있다.

아, 이것은 청나라 소설책에도 없는 장면이 아닌가.

어미와 딸아기

해산바라지를 하다가 딸과 나눈 대화를 복기해 썼다.

같은 해, 서촌 딸네 집

연실의 눈은 끝없이 솟아나는 눈물로 짓무르다시피 했다. 젖꼭지 주변에 부스럼이 생겨 갓난쟁이에게 젖을 물릴 수 없어 울었고, 빨리지 못한 젖이 불어 돌덩이처럼 굳으니 젖몸살이 나서 울었으며, 어미가 뜨거운 물에 적신 면포로 젖을 주물러 짜주니 아깝다고도 울었다.

　어미가 제 시큰한 손목을 겨끔내기로 주무르며 딸을 타일렀다.

　"천만다행으로 유모 젖이 참젖이고 아기도 젖 빠는 힘이

장하더구나. 너는 그만 애쓰고 의원에게 약을 청해 젖을 말리려무나. 안 그래도 노산이라 힘든데 부스럼에 몸살에 이래서야 어찌 견디겠니?"

딸이 목수건으로 눈물 젖은 뺨을 훔쳤다.

"첫아이를 그리 허망하게 잃고 두고두고 후회스러웠던 일이 무엇인 줄 압니까? 유모를 믿거라 하고서 제 젖 한 번 못 물린 것입니다."

"그때는 젖이 안 나서 그랬던 것을 어찌하느냐. 내 배 아파 낳은 내 새끼한테 무엇인들 안 해주고 싶으랴. 허나 세상만사, 될 일은 되고 안 될 일은 안 되더라. 그 아이는 명이 그것밖에 안 되었다. 네 잘못 아니고 네 책임도 아닌 일을, 두고두고 곱씹으며 자책하지 말거라."

어미 말은 귓등으로 들었는지 딸의 뺨에 굵은 눈물 고랑이 새로 났다.

세이레 만에 부스럼을 겨우 낫우고 아기에게 제 젖을 물리는 순간, 딸이 입술을 바르르 떨며 울었다. 어미는 걱정에 더해 역정이 났다.

아이고, 이것아. 젖물 만들기도 바쁜 산모 몸에서 웬 쓸데없는 눈물까지 그리 만들어댄다니?

"왜 또 우느냐?"

"좋아서… 웁니다."

에고, 그래.

어미가 입꼬리를 비틀며 헛웃음을 웃었다.

배고픈 아기가 맹렬히 젖을 빨 때 방금까지 퉁퉁하던 젖이 금세 쭈그러들던 기억, 아기와 여전히 한 몸인 것처럼 아기가 울면 나도 울고 아기 배가 부르면 나도 배부르던 기억, 젖을 다 빨고는 그 새까만 눈으로 어미를 올려다보며 배냇짓을 하는 아기에게 무어라 말할 수 없는 감정이 북받쳐 울었던 기억….

어미는 그 오래전 생각을 하고 잔소리를 삼켰다.

그 참한 양녀洋女가 제 아들 안은 모습만 거룩한가? 내 딸이 제 갓 난 딸을 안은 모양도 거룩하기만 하구나.

그런데 좋아서 우는 것도 하루이틀이지 연실은, 아기 젖을 먹일 때만이 아니라 안고 어르거나 자장가를 부르다가도 곧잘 앞섶이 젖었고 코맹맹이 소리를 냈다.

"아가, 왜 자꾸 우느냐?"

"고대하고 고대하던 아기가 계집자식이라…"

"아이고, 얘야. 삼신할머니께서 듣고 노여워하시면 어쩌려고! 핏덩이 어린것을 앞에 두고 그런 말 하는 거 아니다."

"압니다. 모두 천주님 뜻이지요. 하지만… 첫아들이 제 품에 들었다 이름도 짓기 전에 떠났으니… 천주님께서 그 아이를 다시 보내주셨다고 믿고 열 달을 품었답니다. 계집아이일 거라곤 한 번도 생각해 보지 않았어요."

"계집아이면 어떠냐. 딸이라도 부모한테 너처럼만 하면 남의 아들 형제가 조금도 부럽지 않더라. 아, 대효大孝 심청이 딸이지 아들이었다던?"

"자식 덕을 바라고 하는 말이 아닙니다. 이 세상에 태어나 계집사람으로 사는 것이 얼마나 힘든 일입니까? 이 아이가 그 힘든 삶을 살아내야 한다고 생각하니…."

"그거야…. 나 또한 사내였으면 안 해도 될 고생, 안 겪어도 될 설움, 무한히 감당하며 살아왔지. 너를 낳을 때도 난산이라 목숨을 걸었고 키울 때도 가난한 홀어미 처지라 힘든 일이 많았다. 그래도 돌이켜보면 네 덕분에 기쁘고 재미나고 좋았던 날도 숱했다. 꿈결에 생각해도 고마운 일이지 뭐니. 나한테 네가 있듯 이제 너한테 이 아기가 있으니 나는 오늘 밤에 자다 죽어도 여한이 없다."

어미는 콧등이 찡했지만 내색하지 않고 차분차분 말했다. 연실은 훌쩍이다 수건을 들어 코를 풀었다.

"너 역시 남의 후처 되어 전실 자식한테 계모로 경원시당했을 테니 살림살이 유복하다 한들 살기가 수월했다고

만은 말할 수 없겠지. 계집사람으로 살기 힘들다는 것은 맞는 말이나, 뉘라서 이승의 삶이 마냥 편키만 하겠느냐. 정승 판서도 힘들고 나라님도 힘드실 거다. 다 팔자소관이니라."

"다 천주님 뜻이겠지요."

"그래그래. 내 말이 그 말이다."

연실이 고개를 설레설레 저었다.

"아니에요. 달라요. 세상 고난은 끝이 없고 생로병사는 누구에게나 고달프죠. 하지만 야소 믿고 천국 가면 영원한 복락이 있답니다. 제 아들도 만날 수 있어요."

아들을 만날 수 있다고 얘기할 때 연실의 눈은 빛나고 목소리는 떨렸다. 어미가 깊은 한숨을 깨문다.

"얘야. 어미 얘기 들어보련? 옛날 옛적에 한 아이가 살았단다. 살았는데… 사는 게 너무 힘들었어. 어느 날 하늘을 올려다보노라니 구름 나라에서 옥황상제가 저를 부르시는 것 같았어. 아가, 이곳으로 올라오렴, 아비가 너를 기다린다, 하면서. 옥황상제님이 제 아버지세요, 물었더니 그렇대. 그럼 선녀님이 제 어머니세요, 했더니 그것도 그렇대. 아이는 얼른 구름 나라로 올라가고 싶었어. 이 세상은 너무 외롭고 너무 힘들었거든. 어떻게 해야 구름 나라에 갈 수 있어요, 물었지. 몸을 가벼이 하고 날아오르면 되지, 하는 거야.

몸을 어떻게 가벼이 할까? 아이는 생각하고 또 생각했어. 결국 혼백이 되는 수밖에 없다는 생각이 들었지. 아이는 가장 높은 산에 올라가 가장 높은 나무를 찾아 가장 높은 가지에 목을 매었어. 육신을 떠나 혼백이 된 아이는 둥실둥실 떠올라 구름 나라에 도착했지. 그런데 웬걸? 구름 나라에 구름밖에 없는 거야. 아이는 구름 속에서 엉엉 울었단다. 울다 지치면 잠을 자고 잠을 깨면 또 울었어. 그 아이 울음이 비가 되어 내린다는구나. 어떤 날은 너무 기가 막히고 서러워서 울부짖으며 통곡하는데, 그게 천둥 벼락이란다."

전해오는 얘기는 아니고 어미가 지어낸 것이다. 오래전부터 홀로 하늘을 보며 이 궁리 저 궁리하다 문득 떠올린 것인데 종내 마음에서 사라지지 않았다.

"무슨 얘기가 밑도 끝도 없이⋯. 그런 해괴한 이야기는 싫습니다."

"네가 자꾸 죽어서 천국을 갑네 어쩌네 하니까 하는 얘기다. 우리가 목숨 붙이고 사는 이 세상에서 잘 살고 봐야지, 그래 그 천국이란 데를 누가 가봤다던?"

딸이 입술을 잘근잘근 씹는다.

"어머니, 이승의 삶은 천국에서 누릴 영생에 비하면 아무것도 아니에요. 이생은 바람 불면 휙 날아가 버릴, 하찮기 짝이 없는 검부러기와 같다고요. 어머니, 하늘에 계신 아버지 천주님을 믿고 생사를 완전히 의탁하셔야 해요. 고집부리시다 행여 지옥에 떨어지면 어쩌시려고요? 그럼 어머니랑 저는 영영 못 만나요. 아시겠어요?"

딸의 눈에서 불이 일었고 어미는 기가 질려 구린 입도 떼지 못했다. 그러나 묻고 싶다.

이생이 검부러기라고? 그래. 네 삶은 검부러기라 치고 이 아기 앞에 남은 삶은?

어미는 딸의 신심이 두렵다. 그 신심이 너무 찰져 행여 제 것은 물론이거니와 아기 숨구멍까지 틀어막을까 겁났다.

처경 스님을 죽이고 허견을 죽인 국부國父께서, 만백성의 아버지 되시는 그분께서, 당신을 두고 구태여 하늘 아비를 찾는 야소꾼을 고이 내버려둘까?

어미가 딸의 품에서 젖 빠는 갓난쟁이의 다박머리로 손을 뻗었다. 명주실 같은 머리카락이 따끈한 정수리에 착 달라붙어 아기가 숨 들이쉬고 내쉴 때마다 오르락내리락한다. 그 숨을 지켜주고 싶다는 마음에 허파가 옥죄였나, 돌연 어미 숨이 가빠진다. 부처님, 미륵님, 관세음보살님, 삼신제석님, 칠성님이 어미 목구멍 너머로 생목처럼 울컥울컥 올라온다.

아가, 온몸으로 젖을 빠는 아가. 이 할미는… 너를 보고 있는데도 네가 그립구나. 할미보다, 네 어미보다, 한 줌 더 복되고 두 뼘 더 지혜롭고 세 발 더 멀리 나아갈 네가. 할미도… 젖 먹던 힘까지 불러내어 오래 살게. 왜냐면… 너를 기다려야 하니까.

《일곱째 아이》는 제 마음속에 오래도록 똬리를 틀고서 가끔씩 뽈록뽈록 제 존재를 알리곤 하던 두 인물에게서 출발했습니다.

먼저 〈조선왕조실록〉에 등장하는 요승 처경. 그는 숙종 2년(1676), 소현세자의 유복자를 사칭한 죄로 스물네 살 나이에 용산 당고개에서 사형당한 실존 인물입니다. 2000년대 초반, 저는 소현세자빈 강 씨를 주인공으로 역사소설 《강빈》 2006)을 쓰려고 실록, 장계, 문집 같은 자료를 제 딴에는 열심히 공부했는데요. 승려 처경은 그때 알게 된 곁가지 인물입니다.

그리고 아기장수. 우리나라 산야에서 흔히 마주치는 장군봉이나 장수바위, 용마굴, 장수굴 따위가 알고 보면 그 지

역 아기장수 전설과 연관이 있는 경우가 많습니다. 제가 사는 춘천에도 금산리에 장군봉, 금병산에 장수바위가 있는데요. 두 곳의 아기장수 전설이 각각 안정효의 《은마는 오지 않는다》, 김유정의 《두포전》에서 핵심 모티브로 활용되었답니다. 옛이야기가 대개 권선징악을 추구하고 해피엔딩인 데 비해, 아기장수 이야기는 너무 슬프고 무섭고 어이없어서 제 마음을 쏘석거린 거 같아요. 평범한 집안에 태어난 비범한 아기를 다른 누구도 아닌 부모가 맷돌(혹은 떡판이나 곡식 자루)로 눌러서 죽여버리는 이야기라니요…. 아이가 커서 역적이 되면 온 집안이 결딴날까 봐 '예방 조치'로 죽이다니요….

《일곱째 아이》의 총괄 화자는 사람 만나서 얘기 듣는 재미에 암자와 절간을 수시로 들락거리는 날라리 불자입니다. 신분, 적서, 성별, 당파 등에 따른 차별과 갈등의 경계선에서 조선 사회의 이쪽저쪽을 보고 듣고 겪은 화자가 그 사연을 접하게 된 내력을 도입부에 밝힌 후, 마치 당사자가 된 듯 몰입하여 인물이 처한 상황을 27편의 짧은 이야기로 그려내지요.

27편 모두 공유하는 미스터리는 소현세자빈 강 씨가 별궁에 유폐되었을 때 홀로 낳았다는 일곱째 아이의 행방입니다. 일곱째 아이는 민중의 힘겨운 삶 속에서 영원히 되살아나는 아기장수의 한 표상입니다. 조선 사회에서 공적으로는 천대와 혐오의 대상이었으나 음지에서 더러 존숭받기도 한 승려와 무당이 그 일곱째 아이를 참칭하거나 신령으로 받듭니다. 그리고 체제 전복을 꿈꾸는 서얼, 절대 권력의 그늘에 엎드린 궁녀, 계급적·성적으로 겹의 억압을 당하는 여종, 주문모 신부가 잠입하기 100여 년 전 역관 집안 중심으로 전파되던 초기 천주교도가 갖가지 체액을 흘리고 갖가지 냄새를 풍기며 갖가지 모양과 빛깔로 인조 24년(1646)에서 숙종 20년(1694)이라는 반세기의 조각보를 만들어냅니다.

지금 우리는 조선 시대보다 얼마나 더 잘 살고 있을까요? 물질적으로는 풍요로워졌을지 몰라도, 이른바 '헬조선'에서 아이 낳기를 거부하는 청년 세대를 보면, 사는 일은 그때나 지금이나 고달픈 모양입니다. 그래서 우리는 오늘도 아기장수를 기다리는 것일까요?

소설의 결말에 이르러 화자가 말합니다.

"너를 보고 있는데도 네가 그립구나. 할미보다, 네 어미보다, 한 줌 더 복되고 두 뼘 더 지혜롭고 세 발 더 멀리 나아 갈 네가. 할미도… 젖 먹던 힘까지 불러내어 오래 살게. 왜냐면… 너를 기다려야 하니까."

우리가 기다려야 할 영웅은 어디 먼 데서 용마를 타고 올 장수가 아니라 조금 더 진화한 우리 자신임을, '한 줌 더 복되고 두 뼘 더 지혜롭고 세 발 더 멀리 나아갈 미래'를 우리 손으로 죽여서는 안 된다는 생각을, 오목조목 이어 붙인 조각보 형식의 이 역사소설에 담고 싶었습니다. 부디 이 작품이 독자 여러분께 맷돌이 아니라 조각보 한 장의 무게감으로 살포시 다가갔으면 좋겠습니다.

2024년 가을
박정애

덧붙이는 말

이 소설은 역사가 드리운 그림자에 상상력을 더한 창작물입니다. 실존한 인물과 사건일지라도 작가가 허구적으로 재구성하였음을 밝힙니다.

일곱째 아이

초판 1쇄	2024년 11월 30일
글쓴이	박정애
펴낸곳	도서출판 단비
펴낸이	김준연
편집	이혜숙
디자인	김선미
출판등록	2003년 3월 24일(제2012-000149호)
주소	경기도 고양시 일산서구 고양대로 724-17, 304동 2503호
	(일산동, 산들마을)
전화	02-322-0268
팩스	02-322-0271
전자우편	rainwelcome@hanmail.net

ISBN 979-11-6350-133-6 03810
책값 15,000원

※이 책은 강원특별자치도, 강원문화재단 후원으로 발간되었습니다.